俺の聖剣をヌイてみろ！
勇者と魔女と姉ウサギ
葉原 鉄
illustration◎ミヤスリサ
美少女文庫
FRANCE SHOIN

トリプルフェラ
おいしいシチューを召しあがれ！

端的に言って、聖剣を抜くためなのである。

聖剣と言えば英雄が試練の末に勝ち取るもの。邪悪な怪物を打ち倒すべく雄々しく振るうもの。その威力は天を衝き、地を割り、風切る音は雷鳴のごとく――

〈虐竜士《カルネイジア》〉と呼ばれた英雄ガルドの差料もまた例外ではない。

東方大陸より渡ってきた金色の剣〈ヴァジュリウム〉。数々のドラゴンを打ち倒してきた雷霆《らいてい》の権化。

虐竜士ガルドが病に倒れると、その一振りは息子アルドに受け継がれた。

その聖剣ヴァジュリウムを――抜くため、なのである。

アルドの股ぐらに、見目麗しい三人の女性が頭を寄せているのは。

夕食を終えて間もなく。交易で賑わう街のなんてことはない連れ込み宿。

食後の贅沢と言えばデザートである。

聖剣を抜いてくれる三人に、とびきりの贅沢体験をさせてやりたい。そこでアルドは特別なデザートを用意した。

生クリームとハチミツで飾りつけた、ホットなソーセージを。

「ほぅら、おいしい聖剣を召しあがれ」

仁王立ちで腰を突き出す。力強く、誇らしげに。

怒られたり馬鹿にされてもおかしくない珍芸だが——三人は膝立ちですり寄ってくると、情熱的に生臭い肉菓子を味わいだす。顔を寄せ合い、頬で押し合い、薔薇の花弁のような舌をねっとり舞い躍らせて。

「ねちゅっ、ぺちゅっ……あぁ、甘いおち×ぽもステキですぅ……」

「ふふん、ちゅっちゅ、れろぉ……ハチミツと先っちょ汁を混ぜても絶品じゃ……」

「食材をこーゆーふうに使うのはどうかと思うけどなー……ちゅばっ、ちゅばっ」

舌の大きさも表情もそれぞれ個性的。見ているだけで心が浮き立つ。

向かって右——濡れ羽色の黒髪に秀麗な相貌。凜々しい顔立ちに反して、その肉体はむっちり熟れて、服をパツパツに張りつめさせている。

名はリュシー。すこし前まで男装していたのが嘘のように艶めかしい。

左――やや低い位置にまばゆい金髪。ツンとした目つき。細長い手足が清純さを感じさせる美少女。側頭部の無骨な角もよいアクセントだ。

名はナギ。すこし前まで命を狙ってきていたのが嘘のように懐いている。

真ん中――さらに低い位置にピンク色の髪、兎のような長耳。真上を向いて大口を開いた顔は、柔くて小さくて、幼い。首から下も少女未満のミニ体型。

名はキルシェ。こう見えて頼りになる姐御肌で、舌遣いも巧み。

「リュシー、ナギ、キルシェ、しっかり味わってくれ……！」

あっという間にデコレーションがねぶり取られていく。三者三様の舌の動きで、ペニスにぬめりと摩擦を与えながら。

アルドは雄の証にねちねちと奉仕を受け、ときおり腰を打ち震わせた。

とりわけ激しく動くのは、黒髪ムチムチのリュシー。

肉竿の側面に舌をべったりと押しつけ、顔ごとスライドさせて舐めこする。一往復するたび、白い胸がたわわに揺れる。ブラウスのボタンを上から三つまで開けているのは、深い谷間を見せつけるためだろう。

「ろ、ろうれしゅか、アルドひゃん……ちゅるっ、ひもちいいれしょう？　わらひが、ひちばん大人れしゅから、んっちゅ、んっちゅ、上手なんれひゅお？」

なにを言ってるのかよくわからない。

たぶん、ほかの二人に対抗心を燃やしているのだろうが――

(根本が不器用なんだよなぁ、こいつは)

細かい動きができないから、勢いで誤魔化そうとしているのだろう。

くらべてみると、金髪美少女ナギは小さな動きでツボを押さえてくる。

敏感な亀頭に唇をつけ、感じやすいエラをれろれろと舐めたかと思えば、裏筋に舌先をこすりつける。服の胸元を指でつまんで早熟な谷間を見せるところなど、小悪魔じみた風情である。

「わらわを見る目がまるでケダモノじゃな……れぇるれぇろ、ちゅくくっ、ちゅっちゅ、んじゅううッ……けだものめっ、お仕置きじゃっ」

口ではなじりながら、口舌奉仕は献身的。リュシーもそうだが、甘い部分がなくなってもお構いなし。そんなにおいしそうにしゃぶられると男冥利に尽きる。普通に料理を振る舞ったときより熱心なのは、料理人の端くれとして複雑であるが。

そのとき――

ぞわぞわっと背筋に鳥肌が立った。

「うッ、くぅう……そ、そこを責めるの……！」

「んー？」

桃髪兎耳のキルシェは他のふたりと競合しない場所にいた。

男根の根元からぶら下がった袋を口に含み、舌で優しく弄んでいる。

三人でもっとも顔が小さく、幼い造作の白兎族《フィルビット》――柔い頬をぷっくり膨らませる様は、兎というかリス。見ようによっては無邪気であるが、

「ここもひゃんと洗えおー、ちゅばっ、ちゅばっ、ちょい味きついぞー」

軽く吸われるたびに陰嚢が圧縮され、痛みに達する寸前で口が開く。そのくり返しでアルドの精子はみるみる活発化していった。

直接的な快感を残りふたりに任せ、自分は支援にまわっているのか。

それとも精の根本を掌握して、二人より優位に立つつもりか。

どちらにしろ、今にも爆発しそうな衝動が沸きたつのは確かだ。

「んちゅっ、はちゅっ……あぁもぉ、邪魔じゃムチムチ勇者……！」

「そっちこそ、ひゅぢゅっ、聖剣はわらひのものらぞ、この魔女……！」

ナギとリュシーは睨み合って舌遣いを激しくする。

「喧嘩ひゅんなおー、間違っへち×ぽ折っひゃらアル坊泣くらろー」

「ていうか、おぬしの耳も邪魔りゃ！」

「ひょうらっ、耳邪魔……！　魔女の角もらけろ……！」

長い白耳はペニスの左右から飛び出して、ときどきふたりの顔に当たっている。

ナギはナギで角が張り出しているので邪魔。

リュシーに至っては全身のムチムチした肉づきが邪魔。

三人の身体的特徴がそのままお互いを牽制する形となっていた。

「こらこら、喧嘩はしないでよ。みんな一緒にご褒美あげるから」

「あぁん、がんばってる私にご褒美……アルドさぁん」

「ん……例のミルクのことじゃな？　うふふ、そうかそうか、アレが……」

「言い方がどんどんゲスくなってくなーもー」

三人は口奉仕にますます熱を入れた。

湿っぽい淫響の三重奏が高まるのと同期して、海綿体もパツパツに張りつめていく。

爆ぜる――！

が、すんでのところで堪えた。

「くっ……そろそろだから、三人ともこれ持って……！」

アルドが取り出したのは、底の浅い皿。

ナギは感心したように目を丸くし、リュシーは理解していないように首をかしげ、キルシェは「どーせそーゆーことだと思った」というように半眼。

「は、早く持って……！」

もう限界だ。

三人が口を離した瞬間の刺激すら、頭を貫くほどの痺れを呼ぶ。

一枚の皿を三人がかりで持つと、桃髪兎耳が率先して口を寄せた。幼い唇を下品なぐらい大きく開いて、艶めかしい口内粘膜を見せつけ、舌で誘惑の舞いを踊る。

「たくさん出せー、アル坊……アタイたちが飲んでやっからさ」

「わ、わらわもじゃ！　わらわもたくさん飲むぞ、それはもうゴックゴクじゃ！」

「私も勇者の名にかけて……お腹いっぱい、ゴクゴクします！」

三人が頬を寄せ合い舌を構えた瞬間、
さわっ――

陰嚢に優しく手が触れた。だれの手かわからない。忍耐力が破断する。むずがゆさが尿道を駆けぬけ、かきむしるような快感が追いすがる。

「はあぁッ……！」

海綿体が殴られたかのように跳ね動き、快感汁を乱雑に振りまいた。

開放的な放出感に全身が粟立つ。たまらない。心地よい。

いつもの快感——いつだって新鮮な絶頂感。

「あっ、すごいっ、聖剣のエキスすっごく濃い……！」

「あぁ……わかるのじゃ、気持ちよくなってるのわかるのじゃ……！」

「途切れねーなー。めっちゃ糸引いて、んあッ、顔までベトベトじゃねーか……！」

透明感に乏しい特濃汁は常識外れの噴出量で、少女らの顔と口に恍惚の時間を提供する。ひどく青臭くて粘っこいけれど、この場にそれを厭うものはいない。粘っこい白濁にまみれながら、もっともっとと顔を突き出してくる。

「顔じゃなくて、皿に……これは料理だ！」

砲身を握って固定し、皿の底を狙い撃ち。三人も心得たもので、愉悦に震える逸物を撫でまわす。しごきだす。これでもかと、搾り出す。

たった一度の絶頂が驚くほど長引いていく。

いつしか皿には、なみなみとシチューが満たされていた。

「あぁあ……出たぁー。めちゃくちゃ出しちゃったよ……我ながらすげぇ」

常人なら十人分、いや数十人分にも相当するのではないか。

やや黄ばんで、プルプル震えるほど粘性が高い、異臭の塊。

三人は見入り、ツバを飲んで、命じられるまでもなく舌を伸ばしていく。

味わった途端に、そろってゾクゾクと身震いをした。

ああ、と甘い声を交えて、舌ですくいとる。糸を引く粘つきに顎を汚されても、構わずに口内に招き入れて、くちゅりと咀嚼。

飲みこんで、喉ごしを愉しみ――うっとりと生臭い息を吐く。

「ァあ、こうして器に出されると、アルドさんの匂いが濃くなってる気が……」

「もっとじゃ……もっとねばねばミルク飲むのじゃ」

「お出しされたもんは平らげねーとなー……ちゅぢゅるっ」

またもキルシェが率先して唇をつけ、すすりだす。ナギとリュシーも慌てて後続。

室内が下品な音に満たされていく。

ぢゅぢゅーぢゅぢゅぢゅー、と。

唇を尖らせ、ときに鼻先を漬けてしまい、濃厚な雄臭さに酔いながら。

卑しい犬のように振る舞ってでも、アルドの臭みを味わいたいのだろう。

「本当に男冥利に尽きるなぁ、これは」

皿を囲んで並んだ顔は、どれも無我夢中で火照っていた。

艶やかな黒髪の似合う凜々しい顔も。

きらびやかな金髪で彩られた小生意気そうな顔も。

長耳の愛らしい子どもも子どもした顔も。

ときには舌で粘り気をかき集め、とろりと糸を伸ばしてみたり。もぐもぐと味わっている様を見てもらおうと、上目遣いに見つめてきたり。逆に口内いっぱいの白濁を見せつけ、舌をそこで泳がせたり。

汚濁を受け入れてとろける雌の姿——雄の本能を触発される。

アルドの体に宿った強大な力が脈打つ。

そう——それを引き抜くために、三人との淫らな関係は始まったのだ。

「この調子なら抜けそうだ……ヌキまくったら、確実に抜ける、聖剣が！」

父から受け継いだ聖剣ヴァジュリウムは、アルドの体に宿っている。同胞をヴァジュリウムで虐殺されたドラゴンの呪いによって。

より正確に言えば、アルドの股間と一体化したのである。

さらに具体的に言ってしまえば、ペニス＝聖剣という状態なのである。

この一体化を解くには、性的絶頂を介するしかない。


ここで時間を遡《さかのぼ》ろう。

アルドと三人の肉体関係が始まる、すこし前まで。

第一章　男装勇者は巨乳でムチムチマゾ！

一言で言うと、絶体絶命である。

言い換えると、いつ死んでもおかしくない状況である。

周囲をぎっしり取り囲むのは武装した髑髏兵《スカルゴーレム》。十体ほど。

それらの隙間を埋めるのは鬱蒼と茂った木々に藪、岩、盛りあがった地面、崖、そして牛サイズの翼なき低級竜――蜥蜴竜《ドレプテイル》が五体ほど。

動けない。動けるわけがない。

一歩でも動いたら髑髏兵の錆びた剣で滅多刺しか、蜥蜴竜に食い殺されるか。

(なんで真っ昼間から……俺はただ猪を獲りにきただけなのに)

猪鍋でも作ろうかと、山に仕掛けた罠を見にきた結果がこれである。

「ふふん……わらわの下僕に囲まれて声も出せぬか?」

魔女は勝ち誇る。確証はないけれど、たぶん、魔女だ。

蜥蜴竜の背にまたがり、髑髏兵を意のままに操り、とんがった黒帽子に黒マントで身を包んだ女が魔女でなかったら、詐欺師かただの変人だ。わざわざ帽子の下から角のような髪飾りを覗かせているのも、一種の威嚇だろうか。

「さあ観念するがよい――虐竜士《カルネイジア》の息子、アルドよ！」

「名前を知ってるってことは……最初から俺を狙ってたってこと？」

「すこし違う……わらわが欲するのは虐竜士の遺産じゃ」

「うげ……」

アルドは露骨に顔をしかめた。

「なんじゃ、その心底いやそうな反応は」

「遺産って要するに、ヴァジュリウムのことだよね？」

「左様！　ドラゴン殺しの聖剣ヴァジュリウム！」

ビシィと指を差されても困る。非常に困った。

ヴァジュリウムは父ガルドが愛用し、何十というドラゴンを打ち倒してきた強力な聖剣である。あまりの虐殺に恐れおののいたドラゴンたちが、こぞって禁呪を発動させた。呪い殺された父に代わり、聖剣が息子のモノとなったのが二年前。

「やれるもんなら、リボンつけてプレゼントしてやってもいいんだけど……」

「なんじゃ、その煮えきらない反応は」

「いや、なんつーか」

聖剣には未練も執着もない。バケモノに囲まれ、魔女に脅されている状況ではなおのことだ。渡せるものならポンとお渡ししてサヨナラしたい。

だが、「蛇の脚は食えない」と格言にあるように、無理なものは無理である。

「……ちん×んと聖剣が一体化してるんすよ」

真顔で言ってみる。

「バカにしておるのか貴様」

「そう思うよね、うん、わかってました」

「ちん×んと聖剣が一体化など、いったいなにを言っておるのじゃ……！」

当然のことだが、魔女は口をへの字に曲げている。目元は帽子のつばで見えないが、口周りに皺がないことからして、肉体年齢は相当若々しいのかもしれない。

「わらわにもわかるように言え！　そもそも、ちん×んとは何なのか！」

「そこなの？　そこから説明しないとダメなの？」

魔女と言えば博識なものだが、俗語にはむしろ慣れていないのかもしれない。

あるいは口元から見えるまま、本当に若年の魔女であるのか。

どちらにしろ――これは好機だ。

「……ちん×んというのは、この山の主のことなんだ」

「ほう、主とな」

「五百年も昔から山の奥深く、静かな泉に住み着いた謎の怪物——名はちん×ん」

「ちん×ん……」

「湾刀のごとく反り返った柱、あるいは蛇のような姿であったと伝え聞く。その顔には目も鼻も耳もなく、ただ小さな口があるのみ。そこから白く濁った粘液をどぴゅぴゅっと吐き出して獲物を狙い撃つ驚異の怪物だ」

「どぴゅぴゅと……粘液を」

「しかもその粘液は目に見えないほど小さな卵の集合体であるという」

「なんと。ではまさか、それが体内に潜りこめば……」

「もちろん孵化して、内側から養分を奪いとられてしまう」

「恐るべし、ちん×ん……！」

真に受けてくれている。もう一押しだ。

「近年、ちん×んが暴れだして止まらなくなったので、俺は親父の遺産を持って討伐に挑んだ。しかし敵は強大だった……刺激するほどムクムク大きく、硬くなり、どぴゅどぴゅと白濁液をまき散らす。しかもコイツが独特の匂いで、服についたら非常に難儀するわけだ」

「それで、それでどうしたのじゃ……！」

魔女というか英雄物語をせがむ子どもめいてきた。

こうまで喜んでもらえるとアルドの口調にも力が入る。

「さてこの強大なる山の主ちん×ん、もはや手に負えるものではないとアルド少年は覚悟を決めて、エイヤァー！　と聖剣を投げつけた！」

「ほう！」

「たちまちひらめく稲光！　ゴロゴロピシャンと空打つ雷鳴！　聖剣ヴァジュリウムの特性はすなわち雷。この力をもってちん×んを封印すべし！」

「するのか！　ちん×んをがんじがらめに封じようというのか！」

「さしものちん×んも耐えきれず、しおしおとしなびて小さくなっていく！　そう、まさにちん×んは封印されたのである――しかし！　ちん×んは不死身の逸物！　刺激を受ければ何度でも勃ちあがる！　ゆめゆめ封印を解こうなどと考えるなかれ！　さもなくば、ちん×んの災いがふたたび降りかかるであろう……！」

「おおー！」

パチパチパチーと拍手が返ってきた。

やった。勝った。達成感と充実感が胸を満たしていく。

「よーく理解したぞ！　つまりヴァジュリウムは現在、山奥の泉にちん×んもろとも眠っておるというわけじゃな！」

「そうそう、つまり俺の手元にはないわけっすよ！」

「ではその泉まで案内してもらえるか！」

誤算だった。解放してもらえると思ったのに。

「……わかったよ、案内する」

「ふふん、殊勝な心がけじゃな。ゆくぞ、下僕ども」

アルドは適当な方向に歩き出した。髑髏兵と蜥蜴竜の包囲は解けない。

ただ山の奥深くに入っていく。邪魔な藪は髑髏兵が剣で切り払ってくれるので、足が止まることはない。むしろ手間取ってくれたほうが、相方が気づいて助けに来るまでの時間を稼げるのだが――

こういうときは、とりあえず歌おう。

「うーさぎうさぎー♪　首切りうさぎー♪」

「なんじゃ突然……恐怖に気でも違ったか？」

「山に歌はつきものだからね。ほらご一緒に、えーと、魔女さん？」

「ナギと呼べ」

魔女の乗った蜥蜴竜がアルドのすぐ斜め後ろに寄ってくる。

「うーさぎうさぎー♪　首切りうさぎー♪」

「うーさぎうさぎー♪　首切りうさぎー♪」

意外とノリがよい。

ちらりと見れば、彼女の相貌は口元ばかりか目元まで若々しく――吊り目がちでも険しさより愛らしさが先立つ童顔である。マントで体は隠れているし、蜥蜴竜にまたがっているので背丈もわからないが、肩幅の狭さからして少女的な華奢さであることは見当がつく。物々しい角型の髪飾りが不釣り合いなほどだ。

（やっぱり若いのかな……それとも若返りの魔法ってやつかな）

帽子の合間から覗ける髪は鮮やかな金。帽子とマントをやめれば貴族の令嬢としても充分に通用しそうだ。

（立場が違ったら口説いてみたいところだけど……）

外見がいくら可愛くとも、アルドにとっては命を脅かす魔女でしかない。

だから、なおのこと歌おう。こだまの響きがかなたに届くまで。

「うさぎの耳はー逃さないー♪」

「うさぎの耳はー逃さないー♪」

「おまえの鼓動をつぶさに聞きとり呼吸の隙に首チョンパ♪」

「いやな歌じゃな……」

ナギはじぃっとアルドの横顔を見つめてくる。

「おぬし……本当に虐竜士の息子か？」

「確信もなしにちょっかい出してきたんすか」

「街で虐竜士の息子について噂を聞いてな。人相書きのとおりではあったが——あの鬼畜外道の息子にしてはずいぶんと覇気が感じられぬ」

「親父と会ったことあるの？」

問いかけにナギは盛大に顔を歪めた。

「直接はないが——過去にすこし、色々あってな」

「あの親父のことだし、間接的に迷惑かけててもおかしくはないね、うん」

勇者リュシアンと並ぶ大陸西部最強の冒険者——虐竜士ガルド。ドラゴン虐殺をこよなく愛した豪傑。間近で惨劇の数々を見せられた身としては、英雄の誉れより鬼畜外道の評にこそ共感せずにいられない。

「俺は親父と違って堅実なんだ」

吐き捨てるように言う。

「冒険者なんてヤクザな仕事をいつまでもつづける気はない。どこかの街で料理屋か酒場を開いて、地道に日々を過ごしていくんだ……花嫁修業を手伝うという名目で若い女を雇い、あわよくば美人な嫁をゲットするんだ……」

「なるほど、慎ましい夢じゃな。まあ叶わんじゃろうが」

「サラッとイヤなことおっしゃいますね、ナギさん」

「そりゃそうじゃろう。案内してもらったら殺すからな」

にっこり笑う顔は悪辣というより無邪気な子どものよう。それがいっそう「あ、こいつナチュラルに殺す気満々だな」という説得力いっぱいで。

もうどうしようもない。歌うほかに、絶望から逃れるすべはなにもない。

「うーさぎうさぎー♪　首切りうさぎー♪」

「うさぎの耳はー逃さないー♪」

ナギは真意に気づいていないらしく、わざわざアルドに協力してくれている。

それは生き残るための最後の手段。

――気づいてくれ、キルシェ……！

相方は耳も勘もずば抜けてよい。アルドの帰りが遅いことに気づき、山を捜索して歌声をたどり、驚くべき速さで助けにきてくれる――はず。

たぶん、来てくれると思う。来てくれるといいなぁ。

希望的観測すぎて涙がこみあげてきた。

がさりと茂みから音が聞こえた瞬間、涙は喜悦の雫に変わる。

「何やつ！」

ナギは呪文も唱えることなく両手から魔法の火球を浮かべた。

「もし……そこにいるのは虐竜士ガルド殿の子息、アルドではないか」

声の位置が高い。

茂みを跳び越えて姿を現すのは、白馬。

その背にまたがるのは、碧色の鎧に身を包んだ騎士だった。

アルドもナギも思わず息を呑んだ。

鎧の仕立てや家紋入りのマント、手入れされた馬の毛並みからして、騎士という判断に間違いはなかろう。戦うことを職務とする者にしては繊細なまでの細面で、肌に傷ひとつないのはいささか頼りない——が。

その表情は氷像のように冷たく、刃のように鋭い威厳を漂わせる。

黒曜石のような艶めく長髪と瞳には、強固な意志が宿っているように見えた。

「馬上から失礼——わが名はリュシアン。アルド殿に用があって馳せ参じた」

奇跡という言葉はこの瞬間にあるのかもしれない。

アルドはことさら大声で騎士の名を復唱する。

「リュシアン……おお、ではあなたが高名な勇者リュシアン殿！」

ナギがびくりと肩を震わせる。

「虐竜士ガルドと並んで讃えられる最強の人類戦士——リュシアン！　魔神殺しの聖剣に選ばれ、魔神帝を打ち倒すことを宿命づけられた若き勇者！　ドラゴンも魔女も瞬きの間に切り伏せる驚異の剣士であるとか！」

人違いであろうと関係ない。勇者が助けにきたとナギに思わせるのが重要。

「噂どおりの麗しき面立ち！　美しい黒髪も見事な鎧も、まさに勇者リュシアンそのもの！　まさかこんなところでお目見えできるとは！」

大声でまくしたて、チラリとナギを見る。

彼女は歯噛みをすると、手に浮かべた火球を消し去って蜥蜴竜の背を叩いた。

「撤退じゃ、下僕ども！　覚えておれ、勇者リュシアンに音痴男！」

失敬な物言いでナギと下僕たちは山奥に消えていく。

頭の悪い魔女で本当によかった。

アルドは安堵の息を吐き、馬上の騎士に笑いかける。

「助かったよ、リュシアンさん」

「ああ」

リュシアンは気のない返事だった。その視線はアルドに向けられることなく、ナギの去った方向を静かに見やって動くことがない。

もしや――去ったと見せかけてなにか仕掛けてくるつもりか。

アルドも共にその方向をじっと見やる。

しばし待つ……が、とくになにも起こらない。

「リュシアンさん……？」

「うん……うん？　ああ、ぼーっとしていた」

強い意志を宿した冷たい面立ち――というか、単に状況に対応しきれず、表情を変える暇もなかっただけのように思えてきた。

よく見てみれば、どことはなしにぎこちなさが漂う。

かつて間近で見てきた虐竜士とその仲間にくらべると、姿勢や些細な仕種がなんとも頼りないのだ。たとえば視線の遣り方が素直すぎるとか、関節が強張っていて不意打ちに対応できそうにないとか。

「えーと、本物の、リュシアンさん？」

「ああ、高名な勇者リュシアンだ」

「ほうほう、ちなみに剣の腕前はやはり？」

「超強いと考えてくれ。そう、大陸最強だ」

こりゃ三流詐欺師だなとアルドは決めつけた。

「その大陸最強さんがどういうご用件で？」

「虐竜の聖剣ヴァジュリウムを譲ってほしい。相応の礼はする」

やはり詐欺師だ。有名人を騙って聖剣を奪い、高値で売りさばくつもりか。

「悪いけどリュシアンさん、親父の聖剣は手放したくても……」

言いかけて、そっと息を潜める。

「どうした、アルド」

「しっ」

ふたりして黙りこむ。

ず、ず、となにかの這う音が聞こえてくる――すぐ、間近から。

木々の合間に巨大な影が現れた。

まるで新たに木が増えたのかと見間違うような、赤黒い大蛇。

その顔には目も鼻もなく、口らしき穴からねとりねとりと粘液を垂らす。

「……マジで山の主いたー！」

「おふっ、おっ、おおう？」

動揺するアルドとリュシアンへと、大蛇はすいと首を伸ばした。

キュ、と口が窄まる。

アルドが横っ飛びに回避すると、白濁した粘液が噴き出された。

「ひゃ！」

とっさに身を竦めるリュシアン。それを尻目に、すばやく飛び退く白馬。

べちゃり、とリュシアンは顔面から落馬する。

その背に濁液が降りかかった。

音を立てて白い湯気が立ち、マントがみるみる溶けていく。

「酸か……！」

アルドは太めの木に隠れて、ベルトから提げた鉈《なた》に触れ——バチバチッと電流に指先を焼かれ、顔をしかめた。やはり、使わせてはもらえないらしい。

武器、あるいは刃物を扱うことを禁じる特異な状況を、今は嘆いている暇もない。取るべき行動はふたつにひとつ。

「ひとりで逃げるか……いちおう人助けしとくか」

落馬してプルプルしている騎士を覗き見る。

戦場における決断は迅速に——相方の教えだ。アルドは飛び出した。

大蛇がふたたび騎士に酸を吐きつけようとする寸前、腰のポーチから取り出した小瓶を投げつける。狙い違わず、大蛇の顔面に命中。

瓶の粉砕とともに小麦粉が舞い散った。

盛大に小麦粉を吸いこんだ大蛇は、ぼふぁ、ぼふぁ、と首を振りまわして粉と酸をまき散らす。アルドはそれをかわしながら、騎士のもとに駆けつけた。

「ほら立って、逃げるよ！」

「た、体勢を立て直すと言いたまえ！」

「へっぽこ詐欺師がなにかっこつけてんの！」

「へ、へっぽこ……！　失敬な、勇者リュシアンになんたる無礼！」
リュシアンは赤面で憤慨する。土と草にまみれて、半ベソをかきながら。
どう見ても勇者の器ではないが、命を救われた以上恩義はある。
肩を貸して立たせ、駆けだそうとし――予想外の重みにつんのめる。
（鎧の重さは考慮してたのに……！）
想定外の重みがある。姿勢と重心の位置からして、おそらく胸の部位に、通常なら
ありえない重さのなにかが――
きゅ、と、背後で吸気音が聞こえる。
アルドはリュシアンを真横に突き飛ばし、反動で自分も逆に飛んだ。
両者のいた場所を濁液が通り過ぎ、木の幹に付着。樹皮を溶かす。
大蛇はリュシアンへと突っこんでいく。アルドより半瞬早い。
「ふえあっ」
偽勇者は情けない悲鳴をあげた。このままでは巻きつかれ、骨を折られ、口から体
内に酸を注がれて、溶けた臓腑を啜り取られるのではないか――
おぞましい想像をした時点で、アルドは苦渋の決断をした。
（高かったなぁ、胡椒……ちょっとずつ大事に使ってたのになぁ、胡椒……！）
半泣きで胡椒瓶を握りしめた。

「そいつぁ待ったー！」

高い声が制止をかける。

背後から飛び出してくるのは、白く伸びた二本の耳。

「うさぎ……」

リュシアンは瞬く間もなく駆けてくる小さな影を見つめ、
シュパンッ！

「ぎゃひッ」

顔面を蹴りつけられ、吹っ飛ばされる。

白兎はそれを踏み台にし、大蛇の首もとまで跳躍した。

前肢――否、籠手をつけた手を手刀にし、

チョンッ。


大蛇の首を切断した。

断面から体液がしぶく前に、白兎は蛇体を蹴って舞い跳ぶ。リュシアンを蹴っ飛ばして木陰に避難させ、自身もべつの木陰に隠れる。

血と酸の混じった液体が森にまき散らされた。

大蛇はのたうちまわって、ふいに静止。崩れ落ちる。

「あぶねーとこだったな、アル坊」

白兎はひょこりと顔を出す。白い歯を剝き出し、快活に笑いながら。

もちろん文字どおりの兎ではない。

ヘソ出しの赤い民族装束をまとった、二足歩行の知性種——白兎族《フィルビット》。長い白耳と桃色の髪、白皙の肌に赤い瞳、なにより人間の子ども程度の小柄な体型もまた、兎っぽさに拍車をかけている。

「助かったよ、キルシェ……さすがにヤバかった」

「歌うならもーちょい上手く歌えよなー。セイレーンのように美しい歌声で呼んでくれたら、アタイだって三倍の速さで駆けつけたのに」

白兎族の長い耳は人間とは桁違いの聴力を誇る。だからと言って山中の歌を聴き取れるという保証はなかったが、存外にうまくいくものだ。

「絶影士《ヴォーパル》……キルシュユバウム」

リュシアンは木陰から恐る恐るキルシェを覗きこんだ。

「おー知ってるか。意外と有名だなーアタイも」

「虐竜士ガルドの戦友——影を絶つほどに素早く、敵が気づく間もなく一撃のもと首を切り飛ばす戦慄の死神、と聞き及んでいる」

すさまじい噂だが笑うに笑えない。

頭の位置はアルドの腹ぐらいまでしかなく、くびれのない腰も、華奢な手足すらも、人間基準では童女以外の何者でもないが——大蛇を仕留めた動きはまさに死神。

「わはは、アル坊聞いたかー？　おまえの相棒は物騒だなー」

大口を開けて笑う様はわんぱく坊主の風情だが、アルドにしてみれば豪放で気っ風のよい笑い方にほかならない。自然とそう見えてしまう。なにせ彼女より背が低かったころから世話になっているのだ。

どうにも、なんとも、頭があがらない。目上の女性と認識してしまう。

「んでアル坊、こちらの女性はどちらさん？」

「お、女ではない！　勇者リュシアンが女のはずなかろう、小娘が！」

「おー、人間は見る目がなくていいなー。もう小娘なんて呼んでもらえるトシでもないんだけどなー。いいぞいいぞー、もっと若いって褒めてくれー」

キルシェは照れくさそうに頭を掻く。

「バ、バカにしているのか……おのれ！」

リュシアンは怒り心頭で、腰に提げたサーベルを抜き放とうとした。

がちゃり、と引っかかる。ガチャガチャと引っかかる。

「あ、あれ……ちょ、ちょっと待たれよ！」

しばし手間どって、なんとか抜き放った剣を高々と掲げる。その構えは隙だらけ。ハッタリが足りているわけでもない。不格好だ。

「わが名はリュシアン！　聖剣ルクシエルの祝福を受けた勇者である！　勇者が女などという話はどこにもなく、それゆえに私は勇ましき男である！」

「でもなー、声も男にしては高いし、体だってなー」

酸で穴の空いた服から覗ける肌が——むっちり、している。

ムチムチしている。

鎧を着ているのでわかりにくいが、服の張りつめかたと皺の寄りかたが、筋肉ではなく皮下脂肪の内圧を感じさせるのだ。

「だいたいケツがなー。そのサイズだと骨盤が広いだろ？　人間の女は妊娠と出産に備えて男より骨盤が大きくなって、肉づきもよくなるかんなー」

「ちょ、ちょっと太っただけだ！」

「そのわりに顔はシュッとしてるし、顎の下も弛んでねーぞ？」

「あとさっき気づいたけど、鎧の下かなり乳を押しこんでるよね」

「こ、こ、これは、大胸筋が発達しているだけで……」

苦しい言い訳がつづく。

アルドはため息をつき、リュシアンの肩をポンと叩いた。

「無理して男装とか、詐欺師も大変だよね」

「そかー、詐欺師かー。ヤクザな仕事はほどほどにしろよ？」

キルシェがペチペチとリュシアンのケツを叩く。

「だいたいそれって聖剣ルクシエルじゃないでしょ？　シェイデンの鍛冶屋にぶら下がってた安物とおなじ印が刻まれてるし」

「ち、違うー！　違いますー！　勇ー者ー！　勇者リュシアンですー！」

悲痛な叫び声が山にこだました。


アルドとキルシェは西シェイデンの宿屋に逗留している。

シェイデンの街は大陸西部を貫くデニー川を東西から挟みこむ立地により、交易の中継点として古くから隆盛してきた。商人向けの宿が軒を連ねる通りが複数あって、アルドたちもその一室に腰を落ち着けた形である。

〈毛繕うライオン亭〉――。

一階を酒場として開放している大衆的な宿屋で、サービスは最低限。アルドにとっては、厨房を自由に使わせてくれるのが魅力である。

山から帰るなり、採集してきたアコの実と市場で買った卵を炒めた。

猪を獲ってこれなかったのは惜しいが、どちらにしろ刃物を使えない身では捌ききれない代物だ。その点、アコの実は外殻を剝けば赤い果肉が剝き出しになる。

酸味の強い果肉を秘伝の自家製ソースでほぐすようにして、ほわほわの卵と一緒に皿へと移して出来上がり。

「よっしゃ！　本日のアルドスペシャル、アコ・タマゴ出来上がり！」

「よーし寄越せー」

キルシェは横から一口だけつまみ食いをして、うん、とうなずく。

「そこそこだなー。刃物使えなくてもなんとかなんじゃねーの、アル坊」

口角をわずかに吊りあげる微笑。百点満点中せいぜい七十五点か。

さすがは師匠。厳しい。こうでなければ、指導を仰ぐ意味もない。

「んじゃあキルシェ、三リオで出してきてくれる？」

「りょーかいした」

キルシェは六皿に分けたアコ・タマゴを盆に乗せ、店内に運んでいく。

馴染みの客が歓声をあげた。

「おー、キルちゃーん！」

「キルちゃんちっこーい！　かわいいー！」

「はーいはいはい、かわいーキルシュバウムさんの愛弟子《まなでし》が作った、そこそこおいしい料理だぞー。三リオで一皿、どうだ？」

次々に名乗り出る声が聞こえてくる。なかなか好評らしい。

一カ月の滞在中、アルドの振る舞う料理はじわじわと知名度を上げて、〈毛繕うライオン亭〉の秘かな名物になりつつある。売り上げの多くは店に納めているが、厨房を使わせてもらっているのだから文句はない。

追加で三人分を作り、店の奥のテーブルに運ぶ。にわか給仕を終えたキルシェと、お堅い顔のリュシアンの前に、一皿ずつ並べて、自身も着席。

「お待たせ、リュシアン」

「まったく待たせてくれたものだな。本来ならもっと勇者にふさわしい場所で高貴な食事を取りたいものだが、ふたりが緊張しても悪いからここでガマンしているわけであり、そもそも私は……」

リュシアンはごちゃごちゃと居丈高に不満を述べながら、アコ・タマゴをナイフに乗せて口に運び――停止する。

動きだすや、口を蠢かせて味わう。

ナイフに乗せて、また食べる。咀嚼して味わう。

「……おいしい」

肩肘張らない声音がちょっと可愛らしい。

「つしゃ、リュシアンの口にも合うなら上々だ」

勇者としては紛い物だろうが、彼女にはどことなく浮世離れした感がある。おそらく貴族の箱入り娘が当代で没落の憂き目に遭い、詐欺師に身をやつしたといったところではないだろうか。

庶民より舌が肥えている貴族が、おいしいと感嘆してくれた。

嬉しくてニコニコしてしまう。

「それじゃあリュシアン、あらためて話を聞かせてくれるかな？」

「ん、あむ、ああ……んっぐん」

リュシアンはあっという間に皿を平らげて、一リオ貨幣をテーブルに三枚投じた。

余韻を楽しむように目を閉じて、三呼吸の間を置いて語りだす。

「まず私、勇者リュシアンは故あって、聖剣ルクシエルだけでは倒しえぬ敵と遭遇した。必要となるのは、もう一振りの聖剣。ルクシエルに劣らぬ聖剣となればごくごく限られているが――かの聖剣ヴァジュリウムならルクシエルに並び立つと考え、譲り受けるために馳せ参じた次第」

「まあ、相応の金を出してくれたら、譲ってやりたいところなんだけど……」

「これで足りるか」

リュシアンは精緻な装飾を施された革袋を取り出した。

ひっくり返して中身をテーブルにぶちまけようとするのを、すんでのところでキルシェが止める。リュシアンの手ごとテーブルの下に隠させる。

「あのなー、人目につくとこでバラまくなよー。荒っぽいやつに襲われんぞー」

「しかし、相応の価値であるか確かめてもらわねば」

「音でだいたいわかったさー。それだけあれば充分じゃねーの？」

アルドよりはるかに世間ずれしたキルシェの判断である。おそらく金貨と宝石がぎっしり詰まって、ヴァジュリウムにふさわしい対価となるだろう――が。そんなものを酒場で見せびらかそうという感性は、紛れもなく世間知らずのお嬢様だ。

となると、金目当ての詐欺師ではないかもしれない。

ヴァジュリウムが本当に必要で、そのために勇者リュシアンのふりをしているのだとしたら――喜んで譲渡したいところだ。

「べつにさ、売っちゃうのは本当に構わないんだよ」

「いい心がけだ。勇者日記に殊勝な心がけの庶民がいたと記しておこう」

「なんか微妙に引っかかる言い方だけど……まあいいや。俺は料理人になりたいんであって、ヴァジュリウムなんて危険物は必要ないわけで」

「では商談成立だな！　よし、運が向いてきた！」

「いや待って、話の途中だから」

「キミの身の上など知ったことではない！　さあ早く交換を！」

革袋をぐっと押しつけてくる。

気が急いているのはわかるが、いちいち話の腰を折られて苛立ちも募り出した。

「あのね……渡したくても渡せない事情があるの！」

「今さら出し惜しみとは潔くないぞ！　さあ早く！　虐竜士の息子が料理人を目指すなど、竜が蜥蜴を産んだというものだろう！　財産もなく地道に稼ぐしかない庶民にとって、こんな機会はほかにないはずだ！　意地汚く受けとりたまえ！」

「キルシェ、このねーちゃんひっぱたいてくれないか」

「ケツの叩き甲斐あるなー、このムチムっちゃんは」

ピシャンと尻を叩かれ、リュシアンは「ひゃんっ」と鳴いた。声が甲高くて、あきらかに雌のリアクションである。

「な、なんたる無礼の数々……！　勇者に対する敬意が一切ない……！」

「あのね、よーく聞いてよ？　譲りたくても譲れない理由があんの。意志の問題でなく、物理的に不可能な状態なの」

「わかるように言ってほしい。川底にでも沈めてしまったのか？」

「なくしたわけじゃないよ。存在はしている」

「なら！　今！　すぐ！」

リュシアンの顔が間近に迫ってくる。凜々しい真顔。

ただ、鼻息がフンスフンスと鳴っていた。

正直ちょっと鬱陶しいが、端整な容貌であることに違いはない。すらりと伸びゆく鼻筋の左右で、切れ長の目が黒い瞳を浮かべている。光も心も吸いあげるような、妖しく瑞々しい闇色――それが彼女の生真面目な表情と相まって、初見の者に凛々しげな印象を与えるのかもしれない。

(美人、だな)

男装させておくのが勿体ないような、それはそれで女性受けがよさそうな。

ビリッと股間に電流が走り、アルドは顔をしかめた。

まずい。反応してしまった。一度こうなると、なかなか収まらないのだ。

「さあ、早く！」

汗の匂いで醸成された女の体臭が鼻孔をくすぐる。

ビリビリと股間がうずいてたまらない。

「……ちん×んと融合してしまったと言ったら？」

「ちん……なんだって？」

清純派のようだ。実にそそられる話ではないか。

渇いた喉を水で潤し、興奮を鎮めようと努めながら話をつづける。

「ドラゴンの呪いだよ。親父はビックリするほど大量のドラゴンを殺しつづけたせいで、とうとうやつらの呪いを受けて死んだ。それでもやつらの怨念は収まらず、ヴァジュリウムにまで異変を起こし……」

「アルドの体とヴァジュリウムが一体化しちまったわけでなー。あのときはさすがにアタイも動転したぞ？」

「しかもヴァジュリウムの持ち主には、ほかの武器を一切持てないって制約がかかる。とりわけ刃物にいたっては調理用や食事用であっても使用不可で……」

アルドは手にしていたスプーンを皿に置き、リュシアンのナイフに指先で触れた。

バチッと紫電が舞い散り、痺れと痛みが指先を焼く。

「ッつぅ……触ろうとしたら、こうなるわけ」

伝えるべきことを伝えたので、今度は相手の反応を待つ。

親の形見を売り飛ばすことには良心の呵責もない。アルドにとって父は残虐で非情な快楽殺戮者である。その遺志を継ぐ気は欠片もなく、彼とは逆に他者を笑顔にするため料理人になりたいと思っている。

リュシアンの支払ってくれる代金があれば、店を構えることも難しくない。

だからこそ彼女には現状を理解してほしい。

「よくわからんが……切り落とせないか？」

「できないよ！　死ぬよ！」

「せめて患部を見せてほしい！　可能なら摘出してなんとかする！」

「そういうことじゃなくて、存在そのものが逸物と融合したというか……」

「だから、よくわからんと言っている！　見せろ！」

「そんなに見たいのかよ！」

「見ないとわからないだろう！　見せろ、ちんなんとかを！」

なんと理解力のない偽勇者だろう。

苛立ちのあまり、アルドは勢いまかせに想定外のことを口走ってしまう。

「じゃあ見せてやるよ！　後で吠え面かくなよ！」

「よかろう、勇者リュシアンの名にかけて！」

彼女の手を引いて、酒場の隅の階段を登っていく。

キルシェはテーブルでひとりエールをあおり、微笑ましげにふたりを見守っていた。

「アル坊もそろそろ大人だもんなー……がんばれよー、若者《ヤングマン》」

勢い任せである。深くは考えず、衝動に従ってのことである。

宿泊している部屋にリュシアンを招き入れ、まずはこう命じた。

「鎧を脱いでくれるかな？」

「……なぜ？」

「これから俺は非常にデリケートな部分をさらけ出す。万が一、なにかの拍子にその硬そうな鎧で打撃を加えられようものなら、はっきり言って、死ぬ。ヴァジュリウムごと折れるかもしれない」

「それは……危ないな」

リュシアンはいちおう納得したらしく、うなずいた。

ひとつずつ、鎧の留め具を外していく。いちいち引っかかったり関節を不器用な方向に曲げたりと、あからさまに不慣れな様子だった。

「勇者様なら身の回りの世話する従者はいないの？」

「いないわけではないが……一身上の都合というものがあってな」

「手を貸すよ」

アルドは仕方なく彼女の背後にまわり、作業を手伝った。彼女も手助けされることには慣れているらしく、当然といった様子で受け入れている。

偽勇者ではあれど、相応の身分の人間ではあるのだろう。

高貴な女性を脱がしていく——服ではなく鎧だが、どうにも胸が弾んでしまう。興奮に反応して、ヴァジュリウムがピリピリと心地よい微電流を放つ。

（こいつ要領も頭も悪いのに、なんかいい匂いがする……）

さきほども嗅ぎとった女の体臭が、鎧を脱ぐごとに濃密になっていく。

雄の本能を誘うフェロモンに頭が赤熱した。

致し方ないことなのである——すくなくとも、今のアルドにとっては。

もともと女を知らぬ身ではあるが、ヴァジュリウムと一体化してからは自慰行為すら満足にできていない。なぜかと言うと、握ろうとすれば激しい電流が駆けめぐって悶絶してしまうからだ。

どうやら男根とひとつになった時点で、ヴァジュリウムは本来のヴァジュリウムでなくなったらしい。つまり、制約に抵触する「ほかの武器」というわけだ。

おかげで溜まったものを放つには夢精しかなく、
情けなくて本人の口からは説明しがたいことではあるが、要するに、

——めちゃくちゃ溜まっている。

「さあ脱いだぞ。見せてもらおうか」

まるで自力で脱いだような口ぶりで、彼女は堂々と立ち居を披露した。

フリルとレースをふんだんにあしらった白のブラウスと、オリーブ色のしっかりした生地のズボン——そのどちらもが、悲鳴をあげていた。

胸の膨らみがブラウスを前に押し出し、尻腿の豊満な肉づきがズボンをパッツンパッツンに張りつめさせている。

「……あのさ、リュシアンさ、なんでそれで男装が通用すると思ったの？」

「は、はあ？　この筋肉ではち切れんばかりの肉体美に女のような脂肪など紙切れほどもついておらんけど！」

ことさら誇らしげに胸を張る。

バッンッと布の千切れ飛ぶ音がした。

バルンッと胸が一気に一回り、いや二回り三回りは膨れあがる。

「サ、サ、サラシが！」

語るに落ちたとはこのことか。

人の頭ほどはあろうという規格外の双球。

子を育むためにしては大きすぎる。男に揉みしだかれるために存在するような、柔らかみの塊によって、ブラウスの前が限界まで張りつめていた。ボタンとボタンの間が半開きになり、白いサラシと胸の谷間が垣間見える。

汗ばんで艶めいた、むっちりした、爆乳。


アルドの本能は爆発した。

ブチッとズボンの紐が千切れ飛ぶ。

ずるるーっとズボンが滑り落ち、勢いよく肉棒がそそり立った。

「ひゃほへあッ」

リュシアンはなんだかものすごい奇声をあげていた。

「ほい、これがヴァジュリウムと一体化した俺の聖剣です。自慢の逸品だからね、好きなだけ品定めしていいよ」

両手を腰に当て、股を突き出す。

たくましく反り返ったおのれの聖剣を、勇者気取りの乳女に見せつけるため。

蓄積された肉欲が解放された今、アルドは自然体で暴走していた。

「ちん、ち、ちち、×んって、それのことか……！」

顔を手で覆いながら、指の隙間から覗かずにいられない乳女がいとおしい。

「ちん×んって呼び方知らないなら、なんて呼ぶと思ってたの？」

意地悪い口調で聞いてしまう。性欲を溜めこむと攻撃性も肥大化するらしい。

「そ、それは……殿方のメルヘンワンドと……」

「ふーん。男なのに同性のことを殿方って呼んでたんだ」

「そそ、そ、それは故郷の方言で」

「なるほど納得した。それじゃあよーく見てくれ」

一歩近づく。ビクリとリュシアンが震える。

彼女の肩に手を置く。ビクビクと震えている。

肩に力をかけると、彼女はくたりと崩れ落ちる。

放心気味の顔の前で、血管の浮かんだ逸物が脈打つ。

「うわっ……すっご……！」

「なんせ聖剣と一体化してるからね。大きさには自信もあるよ」

「た、たしかに、なんか大きい気がする……」

事実としてサイズはそこらの男より亀頭ひとつ分は大きい。ヴァジュリウムと一体化する前はおよそ亀頭半分は小さかったので、ドラゴンの呪いに感謝しないでもない
――使う相手はいなかったけれども。

(この流れなら……いけるかもしれない)

見たところリュシアンは性の知識に疎い。それでいて、視線には好奇心が見え隠れする。うまく事を運べば、自分は今日、一人前の男になれるかもしれない。

脱・童貞――なんと甘美な響きか。

しかも相手は雌の塊のような体つき。

興奮が顔に出ないよう平静を装い、肉竿をしならせた。

「うっわ、うっわ、ブルンブルンしてる……！」

「太くて重みがあるから迫力満点でしょ？　それによーく見てくれ、この反り返り。まさに名剣といった趣があると自負しておりますよ？」

「た、たしかに……このゆるやかな反りは極東のカタナに似ている、かも……」

「そしてこのワンパクな脈動！　雷撃の聖剣ヴァジュリウムが宿ったがゆえの力強さだと思いませんか奥さん！」

「奥さんじゃなくて勇者だ……！」

「ほーらビクビクンッと」

「ひぃッ、脈打ちながら透明なもの垂らしてる……！」

もはやリュシアンは顔を覆うのも忘れ、逸物を正面から凝視している。寄り目気味に、浅い呼吸をくり返し、ときおりゴクリとツバを飲みながら。中性的な印象のあった相貌は、どことなく艶めきを帯びていた。

雌の表情を見下ろしていると、抑えがたい衝動が刻々と膨張していく。

聖剣の電流もピリピリと海綿体を焦がし、その欲望を後押しする。

「リュシアンは、どーしてもヴァジュリウムがほしいの？」

「当たり前だ……！　勇者にはなすべき使命がある！」

キリッと顔を引き締めて上目遣いに睨みつけてこようと、アルドを押しとどめることはできない。むしろ赤黒い肉棒の間近で強がる様は、陰惨で卑猥な感すらある。そのすぐ下にパッツパツの胸元が控えているのだから、なおさらだ。

アルドは大げさに天を仰いでみせた。

「そうか……勇者の決意はこんなにも固いものだったのか」

「当然だ、私は勇者リュシアン――民に希望をもたらす正義の使徒！」

「わかった、なら協力するよ」

「おお、では……！」

輝くような笑みが浮かんだ。

やけに無邪気で、屈託がなくて、騙すことが後ろめたくなるような――

それがまた独特のスパイスとなってアルドの欲情を掻きたてた。

「聖剣の抜き方を伝授する」

「かたじけない、アルド殿！」

「じゃあまず優しく握ってみようか」

「はい！」

リュシアンは言われるまま右手を肉棒に添えようとして、

――ビクンッ！

激しい脈動を前に、ぴたりと動きを止める。

「……に、握れと？」

「そりゃあ抜くには握らないと。と言っても力任せじゃダメだよ？　強すぎると関節が固まって剣の振りが遅くなる――剣術の基本だよね」

「わ、わかっている、それぐらいのこと……優しく握ればいいんだな?」

余裕ぶって凛々しい表情を取り繕うも、目元と口元が不自然に震えていた。

それでも彼女は意を決し、震える手で聖剣を握りしめる。

「……っわ、ふわっ、熱いっ」

「それが聖剣の宿っている証だ……!」

動揺するのはリュシアンばかりではない。それは股間にヴァジュリウムが宿って以来の刺激である。一撃で海綿体が痺れあがるかと思えた。

すらりと整った白魚の指は、剣ダコひとつできたこともなさそうだ。

そのなめらかな肌が、漏出した先走りにまみれていく。

「なんだか、粘っこい汁がついているのだが……」

「その液をなじませるようにして、優しく前後にこすってみてくれ」

「こ、こうか……?」

リュシアンは肘を使ってしごきだす。手首も指も強張っているためだろう。

大きなストロークの摩擦感が、ゆるやかに男の敏感部を火照らせていく。

ぬちゅ、ぬちゅ、と卑猥な水音が立つたび、アルドの背筋に鳥肌が立った。

「ぉお、抜けそうだよリュシアン……さすが勇者、いい手つきだ……!」

「こ、これでいいのか……?」

「すごくいい……！」

リュシアンの不器用な手淫に海綿体が追いつめられていく。

久方ぶりの性感刺激に、ふつふつと下腹が沸騰していく。

「あ、あの……これで本当に、聖剣が抜けるのか……？」

怖々といった目つきで見あげられた瞬間、かつてない劣情が発生した。

――この無知な勇者気取りに、恥辱を味わわせたい。

衝動は痺れるほどの快楽となって尿道を駆け抜け、肉茎を激しく痙攣させる。土砂崩れのような勢いで、押しとどめる間もなくそれは先端をこじ開けた。

「おおッ、出る出るっ、出るよリュシアン……！」

「で、出る……とは？」

問いかけようとした彼女の顔が、すぐさま驚愕に染まる。

鈴口から噴き出した濁液が鼻面を打ったのだ。

「きゃひっ」

とっさに目を閉じた直後、液は途切れることなくまぶたに張りつき、前髪から頭頂部へと白濁した直線を描き出し――なお尾を引いて、中空に飛びたった。

その瞬間、アルドは無意識に動いていた。

サイドテーブルから陶器の杯を取り、勢いあまった精液を受けとめたのである。

宿屋の壁を汚して弁償になったら面倒だという庶民的本能か、それともソースをこぼすまいという料理人の気概か。

「わひっ、やっ！　な、なにが……い、いったい……！」

リュシアンは目を閉じ、手をペニスから離している。

おかげでアルドは思うまま竿先を彼女に向けることができた。

もちろん手で支えることもできないので、脈動のたびに狙いが逸れてしまう。結果として縦横無尽の不規則な軌道になり、幼児が格子模様を描こうとしたかのような汚辱顔が仕上がっていく。

「おぉー、すっげぇエロ顔になっていく……！」

「エ、エロ顔……？」

「英雄顔って言ったんだよ？」

「納得した……んっ！　はうぅ、まだ出てるぅ……！」

なまじ秀麗な顔立ちと黒髪だからこそ、汚らしい白濁色がよく映える。しかも自分の出した汚汁だ。陰惨な征服欲まで満たされていく。

（そうか……この感覚が味わいたくて、俺はぶっかけてしまったのか）

顔や髪から外れた分はすべて杯で受けとめた。射出に勢いがなくなると、亀頭に杯をあてがって残りをすべて注ぎこむ。

「ふぅー、たっぷり出たぁ……こんなの生まれて初めてだ」

プルプルの固体じみた粘液が、杯のおよそ三分の一まで。

リュシアンの震える顔は皮膚が見えなくなるほど。

高い鼻先から空中に、ねとーりと雫が垂れる。熱したチーズのように途切れることなく糸を引く。せっかくなので、それも杯ですくい取った。

「いったい、これはなんなのだ……聖剣汁？」

「ご名答、この液体は聖剣のエキスだよ。どう使うかは——理解できる？」

適当なでっちあげに、リュシアンは目を閉じて真剣に考えこむ。

「エキス……ほかの剣をこの汁に漬けたら、聖剣になるとか」

「惜しい、そうじゃない」

一呼吸置いて、アルドは自信たっぷりに口を開いた。

「これを摂取した者はヴァジュリウムの適性が上がって、より抜きやすくなるんだ」

「な、なるほど……納得できるような気がする」

適当こいただけなのに。

「じゃあ顔に引っかけた分も採取しよう」

「そうだな、もったいないからな……」

リュシアンは素直に顔を突き出してきた。

アルドは指で汚れをこそぎ落としていく。年月分の欲望を溜めこんだ黄ばみ汁は、いちいち顔の縁から糸を伸ばして杯に橋をかける。雌への執念が煮詰まったかのような粘り気に呆れるやら昂ぶるやら。

ただ、髪に付着した分は取りにくいので諦めた。それはそれで黒髪にぴったりのコントラストなので、目の保養になるかもしれない。

「よし、だいたい集まった。あとは飲むだけだよ……いける？」

「やはり……飲まなければいけないのか」

「慣れるとおいしいって聞いたことがあるなぁ」

水を飲むための杯に、粘ついた液体が六分目まで溜まっている。過去の自慰を思い出すかぎり、これほどの量が出たことは一度もない。半分はおろか五分の一にも満たなかったのではないか。

漂う臭気も強烈で、ともすれば顔が歪みそうになる。

そんなものを、アルドは今、人に飲ませようとしている。

（もしかして俺、道を踏み外そうとしてないか……？）

料理人を志す者として、冒すべからざる領域に踏みこもうとしている。

父と違う道を歩もうと決めた日から、こっそりキルシェに教わった調理術。

指先に怪我をしながら覚えた、食材の切り方。

刃物を使えなくなってから凝らした創意工夫の数々。

努力の賜物を自分で穢すような行為に――得も言われぬ昂揚感がある。

「ほら、杯を持って」

「う、うむ……」

リュシアンの手を取り、杯を渡す。外側まで粘ついているが、容赦なく両手でしっかり掌握させた。

あとは杯の底に指先を添え、押しあげる。

「がんばれ勇者、民を救い栄光をつかむために――飲もう!」

「わ、わかった! いただきます!」

リュシアンは杯の縁に唇をかぶせた。

杯が持ちあがっていく。

粘性が高くて流れてこないのか、ちゅる、とすする音がした。

「うっ……」

細く鋭い眉が中央に寄り、目元にまで皺が寄る。よほど苦いかしょっぱいか――それでも彼女は杯を放すことなく、こくん、と喉を鳴らした。

その瞬間、アルドの視界はぐにゃりと歪んだ。

（おお……！　世界が、変わっていく……！）

胸が高鳴り、頭がとろけて――歪んだ視界が、リュシアンの口元を中心にきらめきを帯びていく。自分の精液を美女が飲んでいるという背徳的な情景に、人生観がすべて塗り替えられていく気がした。

時間が引き延ばされたかのように、すべてがゆっくりと流れていた。

リュシアンが目を見開き、とっさに杯から口を離す瞬間も。

「ごほっ、ごほほっ、あぶふっ」

むせ返って吐き出した液が、唾液と絡み合ってたわわな乳房に落ちる。両者の間に伸びた白い糸が、ゆっくりと細くなって、プツンッと切れた。

上品にまとまった鼻がかすかに開き、逆流した精液が鼻水のように垂れる。

苦しげに何度もむせ返る――勇者気取りの純朴な美女が。

「あーあー、ダメじゃないか吐き出しちゃ」

呆れきった口調の裏で、ひどく嗜虐的な気分が芽吹いていた。

「だ、だって、粘っこくて喉に絡みつくから……！」

「なら、よーく噛んでみようか。そしたら飲みやすくなるから」

「ほ、本当に？」

「勇者の栄光のために！」

「やってみる」

リュシアンはまた杯に口をつけ、じゅるるる、とすこし長めにすすった。頬を膨らませ、もちゅ、もちゅ、と音を立てて粘濁を噛みつぶす。

自然と舌で味わうことになっているのか、口元まで苦しげに歪んでいた。

しかし――頬にはほのかな興奮の色が差し始めている。

やけに柔胸が前後に揺れているのは、乱れた呼吸に応じてのことだろう。

それが雌の本能と呼ぶべきものだとしたら――ごくん、と音を立てて嚥下する姿は、女として本来あるべきものではないか。

「んっぐ、ぐぅ……の、飲めたぁ……！」

「うん、勝利の瞬間だ！　勇者ならこういうとき、気高く笑うものだよね？」

「う、うむ……！」

判断力が衰えているのか、はたまた素なのか、彼女は言われるままに口の端を吊りあげた。唇全体がひどく引きつっているけれど。眉もヒクついているけれど。

まるで雄に媚びるための表情のようで、たまらない。

「お、おお、エキスを摂取したことで勇者の体から聖剣を引き寄せる力が……！」

「そ、そうか！　がんばって飲んだ甲斐があった！」

「引き寄せられるぅ……！　すごい、これが勇者の力……！」

アルドはまた適当をこきながら、一歩進んだ。

ふにゅ、と竿先で突く。張りつめたブラウスの胸元を。

「な、なにを……！」

「いやだから引き寄せられるだけだから、不可抗力だから」

アルドの意志に従って、亀頭は乳肉を何度か突っついた。ぷるんぷるんに揺れ動かしながら、狙いを調整していく。

ブラウスのボタンとボタンの合間。

サラシでも覆いきれずに晒された肌色の峡谷。

匂いたつような雌肉の合間に――にゅぷり、と突き刺した。

「きゃっ！　うわわっ、熱硬《あつかた》いのが入ってきた……！」

「どうやら聖剣もリュシアンを選びたいようだ……この狭くてぎゅうぎゅうの場所で挟みこめば、スポンと抜けるかもしれない」

「そ、そうなのか！」

「ああ、すっごい抜けそうだわマジでこれ……！」

剛直は根元までみっちりと包みこまれていた。

まるで炒めた卵のような柔らかみ。適度に湿り気を帯びて、吸いつくような感触。

ブラウスの締めつけでぎゅむぎゅむと圧迫してくる肉の厚み。海綿体の硬さがなければ、溶け落ちてしまうのではないかと思えるほどに――

（気持ちいい……！）

アルドはたまらず嘆息した。

腰は快楽を求めてゆっくりと前後し始める。

「あ、あの、今度はなにを……」

「手でやったときとおなじだよ。聖剣を抜くにはこするのが有効だからね……ほら、リュシアンは残りのエキスを飲んで」

「わかった……じゃあ」

リュシアンは吸飲・咀嚼・嚥下を再開した。

歪み蠢く口の下、胸乳もアルドの腰遣いに応じて歪み、蠢いている。柔肉が太く反り返った逸物の体積分だけかき分けられ、アルドの股でパンパンと打たれるたびに全体が波打つ。もちろんブラウス越しにはっきり見えるわけではないが、規格外のサイズのために大まかな動きは隠しようもない。

こんなに大きくて淫らなものをぶらさげて、よくも男を名乗れたものだ。

「あぁ、本当にすごいなこれ……手よりずっといい……」

アルドはすっかり豊かな肉穴に耽溺していた。

はぁ……と甘い息をこぼす。

あぁ……とおなじ甘みの声がリュシアンの口からもこぼれる。

「んっ、ぐむっ、んぅ……はふぅ、これでエキス半分……あぁ、まだたくさん」

いつしか彼女の目はとろりと濁っていた。

口元の歪みは嫌悪のためでなく、咀嚼にともなう自然な動きにすぎない。

味と粘りに慣れてきたのだろうが、そればかりでもなさそうだ。

彼女のむっちりした太ももがモジモジと擦り合わされている。その合間にあるものがむずがゆくて仕方ないというように。

「リュシアン、どんな気分？」

試しに聞いてみると、陶然とした顔で見あげてくる。

「不思議な気分だ……苦くてしょっぱくて喉ごしが悪いこのエキスが、今は口や喉になじむような……」

「自慢の大胸筋は？」

「なんだか、熱い……ほわほわして、ピリピリする……」

ブラウスのもっともせり出した部分は、左右それぞれぽっちりと突起していた。すこし強めに腰を押しつけ、ぐりぐりとこすってみれば、

「っあ、くぅん……」

鼻にかかった声がこぼれ落ちる。

リュシアンの感じやすい部分に触れた——その喜びを抑えきれず、アルドは彼女の肩をしっかりつかんで腰を弾ませた。

「ひゃんっ、やっ、激しっ……！」

「休まないで、もっと飲んで……！　俺もがんばってエキス出すから！」

腰を引いて浅い部分をかきまわす。竿の根元にジンジンともどかしさが募った。

次に深く突き入れる。

すぐには抜かず、軽い横揺れで肉棒の根元に刺激を与え、股で乳首も刺激する。

かと思えば単純な前後動で、パチュンパチュンとリズミカルに。

竿肉と球肉を摩擦熱で蒸しあげたところに、また深挿しからの横揺れ。

「うぐっ、んっ、んんんむぅ……！」

液汁を嚥下するたびに胸が蠕動するのが、予想外のアクセントになる。

隆棒いっぱいに、破裂せんばかりの痺れが蓄積されていく。

「くうぅうッ、エキス漏れそっ……！　今度は胸に出すから……！」

「んっぐ、んむ……！　の、飲まなくてもいいのか……？」

「勇者の誇りは胸に秘めるものだよね？　だから大丈夫！」

「よくわからないけどわかった気がする……！」

「じゃあ最後に残りのエキスを一気飲みしてみようか！」

「は、はい！」

リュシアンが杯を高く掲げてすすりだす。

アルドは好きほうだいに乳間を凌辱し、最後の瞬間を迎えた。

「ぉおッ、出るぅ……聖剣のエキスが出るぅ！」

パンパンに腫れあがった海綿体で、快楽が爆発する。

密着した乳膚の合間を濁液が行き渡り、ペニスが粘っこさに包まれた。さきほどに劣らず大量の肉汁が、勢いよく溢れ出す。じんわりとブラウスに染み出し、あるいはボタンとボタンの合間からぴゅるっと飛び出した。

「くはっ、おおぉ、思った以上に出るなぁ……！」

射出のたびに快感電流が荒れ狂い、細胞が溶けそうな熱と痺れがくり返す。

飽くことのない雄の悦びに、アルドは顎を上げて感じ入った。

そして同時に――ごきゅごきゅと粘液を飲みほしたリュシアンが、酩酊の面持ちで生臭い息を吐く。

「はふぅ……ぜんぶ、飲んっ」

言いかけで言葉を止め、喉の奥から可愛らしくげっぷをした。

「し、失礼……！」

耳まで赤くして恥じ入る男装の麗人。

実に穢し甲斐のある女だ――そう思った途端に、ムクククッと海綿体が限界を越えて肥大化する。乳間から柔肉を押しやっていき、
バチンッ！

彼女の胸が爆ぜた。

ギリギリの張りつめに耐えていたブラウスのボタンが、弾け飛んだのだ。

爆ぜる勢いでブラウスが大きく開いた。

乳房の下半分に引っかかっていたサラシもほどける。

自身を封印していた衣服への腹いせを遂げてもなお収まらぬのか、もったんもったんとしばし弾みつづけた。

（……デカすぎる）

服の上から想像していたよりも数段大きい。

爆ぜるような乳、まさしく爆乳。

若さゆえか肌に張りがあるようには見えるが――それでも形に崩れが見える。自重がありすぎて支えきれないのだろう。それでもどうにか楕円形を保つ乳肉は、涙ぐましくもなまめかしい。

雄汁にまみれ、赤黒い逸物を挟みこんだ様は、雌のあるべき姿とすら思えた。

おかげで二回の射精を経てもなお、アルドの股間が脱力する気配はない。

「……わ！」

リュシアンは急に喚き、胸を手で庇って身を反らした。ちゅぽんっと男根が抜けると、粘つく糸が彼女のズボンに落ちるが、それを気にする余裕もない。

「わ、わわわが自慢の大胸筋だたくましすぎて、こんなに膨らんでしまたった！」

「……ああ、そうか聞いたことがある。東方の武術には胸をまるまると膨らませて肺活量を増す奥義があるとかなんとか」

「そ、そうなのだ！　勇者の肺活量の源なのだ！」

「なら……ますますそこがポイントだよね？」

「……へ」

彼女は気づいているのだろうか。自分が胸を庇って震えていることに。か弱い姫君のように両脚を重ねてへたりこんでいることに。

なによりも――興奮に頬を染め、乳首を充血させ、重ねた太ももを物欲しげに擦り合わせていることに。

（ここまできたら……やるだけやらないともったいない）

アルドはにやりと悪戯っぽく笑う。

「エキスを擦りこんで、聖剣の適性を上げておこう」

＊

勇者リュシアンが病に倒れたのは二カ月前のことである。

民に愛された正義の騎士は見る影もなくやつれ、従者の手を借りねば立ちあがることもできない有り様だった。

「いいかい、リュシエーヌ……このことはだれにも言ってはならない」

優しい笑顔で双子の妹に言い聞かせながら——肌は、土気色。

「私は勇者として魔を討つ者。人々の希望を背負い、戦いつづけなければならない。もし私が倒れたと知れ渡れば、絶望に暮れる民も出てくるだろう」

だから医者もいらぬと彼は言う。

すでに余命幾ばくもない身で、医者など役に立たないのだろう。

「なら……私が兄上の跡を継ぎます」

リュシエーヌは双子の兄の痛ましい姿に誓った。

「私が民の希望を背負い、勇者リュシアンとして魔と戦いつづけましょう！」

「え、いや無理だろ。私と違ってリュシエーヌはへっぽこだし」

「兄上のバカー！」

迷わず家を飛び出した。男装をし、兄の鎧を借りて。

聖剣ルクシエルに自分を所有者と認めさせることはできなかったので、魔法の道具をいくつか拝借して旅に出る。

兄の遺志を継いで――いや、まだいちおう死んではいないのだが――白馬にまたがったときから、リュシエーヌは臆病で内気な自分を捨て去った。

強い信念が横顔を凛々しく引き締める。

そのまっすぐな眼差しは兄とよく似ていたかもしれない。

*

室内に生臭さが充満している。

呼吸をすると生臭さで肺が冒され、思考がとろけてしまう。

リュシエーヌは焦点もろくに合わなくなっていた。

(なんで私、こんなことをしてるのかしら……)

前後の感覚すら曖昧だった。ベッドに仰向けに寝転がり、乳房を揉み搾られているのは、聖剣のエキスを塗りこむためだが――

「はッ、んぅ……！　ぁあ、まだ終わらないのか……はぅんっ」

こそばゆさのあまり声に力が入らない。か細く甲高い、子猫が甘えるような声で訴えかけるばかりだ。

「そりゃあ聖剣が抜けるまで終わらないよ?」

アルドはまだ少年の面影が残る若い顔で、さも「当然ですよ?」と言うように首をかしげている。とぼけた顔だが、その手つきは悪辣なほど巧みだ。

上からのしかかってきて、乳房全体を優しく撫で——

かと思えば、付け根から突端へと搾りあげるように揉みこみ——

自分の胸はこんなにも淫らに変形するものなのかと本人が感心したところで、トッと乳首を指の腹で叩く。

「ひゃひっ」

胸を駆けめぐる甘い電流に、身悶えを止められない。

「敏感でいいオッパ……大胸筋だね。勇者感たっぷりだ」

「そ、そうだろう、戦いのなかで研ぎ澄まされっ、あひっ、んんんッ……」

左右の乳首をつままれて、痛がゆくもとろけるような喜悦に身を反らせる。

喉が荒れ狂う——エキスをさんざん飲まされて熱っぽくなった口喉が、もっと大きな喘ぎを吐き出そうと蠢動していた。

でも、あの甘い声は、なんだかいやだ。自分が自分でなくなってしまうような怖さと、だからこそ興奮してしまう二律背反の感情に、心が千々に乱れる。

「あ、声は殺さないほうがいいよ?」

きゅ、きゅ、と乳首を何度もつまみ潰しながら、アルドは言う。

「んっ、くっ、だが、しかし……」

「発声と一緒に余分な力を吐き出して、体の負担を減らすんだ。剣術で習ったことあるよね? 勇者だもんね?」

「む、無論だ……!」

「んじゃ、はいどうぞ」

乳首を真上に思いきり引っ張られた。柔肉が縦に伸び、弾性に従って元どおりに縮もうとする。負荷が先端に集中すると、ビリ、ビリ、と痺れる。

(む、無理ぃ……千切れちゃうぅぅぅ……!)

なまじ乳房が重いせいで、乳首にかかる負担がすさまじい。

痛い――だけど、無性にいとおしい。全身が熱くなる。不思議な感覚に誘われるまま、とうとう大口を開けてしまった。

「ひあぁぁあぁぁあ~ッ」

ひどく猥雑な喘ぎが長々と尾を引く。同時に、乳首をじくじくとさいなむ痛苦が、泡の弾けるような快感に変わった。

「ぁああ、き、き、きもち、い……」

「気持ちいいって？」

「ち、ちがっ」

「ぎゅううぅーっと」

「あへぇえぇえええぇえぇ～ッ」

いったん口を開いてしまえば、もはや留めることはできない。さきほど嚥下したエキスの臭気もろともに、甘美な嬌声を吐き出しつづける。

アルドはまるで熟達した演奏者のように、女体をたくみに奏であげていた。

（なんて指先の動き……これが虐竜士の息子なの……？）

すべては彼の父親〈虐竜士ガルド〉の遺産である聖剣ヴァジュリウムを手に入れるためである。ルクシエルに選ばれなかったのなら、同等のヴァジュリウムを使うしかないと考えたのだが――

まさか、こんなことになるなんて。

男性器から聖剣のエキスが噴出して、それをたらふく飲まされた時点で、なにかおかしい気がしていたけれど。

「あひぃッ、あんっ、あぁああ～ビリビリするぅ……！」

逆らえない――彼の手管に。

重たいばかりでわずらわしかった乳房は、快楽の巣となってリュシエーヌの理性をとろとろに溶かしていく。彼に触られているだけで、こんなに素晴らしい器官だったのかと感動すらしてしまう。

おかしくなっているのは胸ばかりではない。

胃袋が熱を帯び、心地よいうずきが全身へと広がっていく。

(聖剣のエキスがお腹で発酵しているみたいな……)

なによりも、さらにもっと下。

はしたなくも左右に開いた下肢の間で、股ぐらに擦りつけられる聖剣がすさまじい。

ズボン越しに無骨な硬さを感じると、女の部分がじゅわりと潤う。

「んっ、あぁあッ……だ、だめぇ……!」

「なにか問題でも?」

アルドが腰に力を入れてくる。

押しつぶされた秘部に、ビリリッと微弱な電流が走った。

「ひゃうぅうんッ」

「お股にどのような問題が?」

「そ、その、擦りつけるのが……んあああッ」

「俺の聖剣が宿ったのは股間だし、やっぱりリュシアンの股間にも擦りつけたほうが効果的じゃないかなって思うんだよね」

柔乳をまさぐりながら、股ぐらをコリコリと刺激する。この連撃を受けるたびに、言いたいことが言えなくなってしまう。

ズボンがエキスで汚れているのに。

まるでカエルがひっくり返ったような体勢なのに。

(ああ、どうして……)

拒絶することを躊躇して、結局なすがままである。

「どうせならズボンを脱いで直接のほうがいいと思うんだけどなぁ」

「そ、それだけは……む、無理だ……」

なけなしの抵抗。そこだけは絶対にいけない。

さらけ出せば、今度こそ女であることを誤魔化しきれなくなる。

女としてもっとも秘すべき花園がそこにある。

「仕方ない。じゃあ擦りつけやすくなるよう、脚をもっと開いてくれる?」

アルドは乳房から手を離し、肉づきのよい太ももを強引に開こうとした。

「だ、だめだ!　これ以上は、その、なんというか……ダメなんだ!」

リュシエーヌは脚を閉じようと力を入れる。

「いやいや、腰がこう、もっとすっぽりハマる感じにならないかなと」

「すでに恥ずかしい格好なのに、これ以上は……」

「えいっ」

かぷり、と乳首を噛まれた。

思考が停止する。

中指の先ほどもありそうなぐらい充血した右乳首に、歯が食いこんでいる。

「い、た……」

痛いと言いきる前に、狂おしい感覚が胸を焼いた。

身が跳ねるような痛みと、それ以上に全身を強張らせる愉悦。

瞬間的に、リュシエーヌはかつてない頂《いただき》に達していた。

「あはぁあああぁああぁあああああぁあぁああ……！」

それが性的オルガスムスであることを理解する余裕も、与えてもらえない。

「よっと」

アルドは硬直から弛緩に揺り戻す一瞬を逃さず、膝をつかんで限界まで脚を開かせる。そして、ビチビチィッと音を立てて、裂けた。ズボンが。

「うおっ、またか」

ブラウス同様に張りつめていたズボンは、突然の開脚に耐えきれなかった。

全体にいくつも裂け目が走り、とりわけ股間部はズタズタ。白い下着までくっきりと覗けている。女物の下着に染みこんだ湿り気すらも。

「いやぁ……！　み、見ないでぇ……！」

もう男らしさを演じることもできない。かと言って、アルドを突き飛ばすことも脚を閉じることもできない。

男根でショーツの濡れた部分を圧迫され、快感に腰が浮いていく。

「ほらほら、ピリピリするでしょ？　ヴァジュリウムの力が伝わってる証拠だよ」

「あんッ、やだっ、んはあぁっ……押しつけないでぇ……！」

「もうちょっと頑張ろう！　勇者ならやってやれだ！」

ぐいぐいと押し引きされるたびに、ショーツごと亀頭が深みにはまりこむ。布越しとはいえ、敏感な粘膜部を弄ばれ、リュシエーヌは気が気でなかった。

（それでも――勇者には聖剣が……！）

一時の恥辱に耐えれば、真の勇者になるための道が切り開かれる。

なにをやってもダメダメだった自分が、兄のように人々の希望になれる。ならなきゃいけない。でないと――自分が生きてきた意味が、わからない。

それに――熱くて硬い竿棒で女陰を刺激されるのは、ものすごく……

「だっ……だ、だめぇえええ！」

リュシエーヌはアルドをぐいと押しのけた。力不足で突き飛ばすにはいたらないが、それでも腰が離れる程度には距離を取ることができた。

これ以上は危ない。きっと、ダメになってしまう。だから拒絶してしまった。

涙がこみあげてきた。

(私、やっぱり兄上の言うとおりへっぽこなんだ……)

ぐずぐずと洟をすすり、ずっと隠してきた事実を口にする。

「お、女なんですぅ……!」

「……は?」

「ごめんなさい、嘘ついてましたぁ……騙してごめんなさいぃ……でも私、本当は男じゃなくて女なんですぅ……! 本名リュシエーヌですぅ……!」

あー、とアルドは曖昧に反応する。そっぽを向いた顔は、心なしか「そんなわかりきったこと今さら言われても困る」というような態度。

「あ、兄上が病気で倒れたから、代わりに勇者になろうとしただけで……だから、女の子だから……これ以上は、その、純潔的な問題もあって……だから、ごめんなさいい、許してくださいぃ……!」

もはや恥も外聞もない。自分が自分であるためには、すべてを明かしてアルドに引いてもらうしかないと思った。

そのために、大切なものを失ったかもしれない。

情けなくて泣きじゃくるリュシエーヌの頭に、ポンと手が乗せられた。

「女の子なのにがんばってたんだね」

子どもをあやすように優しい笑顔で、彼は髪を撫でてくれた。精液でぐちゃぐちゃしているけれど、優しい手つきはたしかな温もりを感じさせる。

「アルドさん……私……」

「もういい、これ以上なにも言わなくて」

「ふえぇ……アルドさぁん、アルドさぁん……！」

なんて優しい人だろう。嘘をついていた自分を許すばかりか、慰めようとしてくれている。リュシエーヌは感動すら覚えた。先ほどまではとくに気にしていなかったけど、顔立ちもちょっと精悍で、素敵なような気がする。

「今こそわかった……キミはとても気高くて強い人なんだね」

「そんな……私、へっぽこのダメダメで……」

「そんなことない、キミのような女性こそ勇者にふさわしい！」

がーんと頭を殴られたようなショック。

ここにきて認めてもらえた――！

吹きこぼれる涙は悲嘆の雫でなく、感動のしぶきに変わりつつある。

アルドはひとしきりリュシエーヌの頭を撫でると、股ぐらに手をやり、力任せにシーツを引き裂いた。

「勇者リュシエーヌ！　聖剣ヴァジュリウムを受けとってくれ！」

「えっ」

激しい鼻息をひとつ吐き、アルドは腰を叩きつけてきた。

プチプチと純潔の膜が破れ、固く閉じた膣道が奥までこじ開けられる一瞬──リュシエーヌは目の前が何十回も明滅したように感じた。

追って湧き出す灼熱感に、顎が砕けるほどに歯噛みする。

「ひぃいいッ、いったぃ、いたいぃぃ……！」

「くうぅ、一気に奥まで行ったぁ……！」

アルドは心地よさげに感嘆し、結合部に好奇の視線を落とす。

厚ぼったい大陰唇が血管まみれのグロテスクな剛直をくわえこんで、ひと筋の真紅をこぼしている。それは裂けたズボンに吸われて茶色い染みとなった。

リュシエーヌは子どものようにイヤイヤと首を振る。

「抜いてぇ、抜いてくださいぃ……！」

「よしきた、聖剣が抜けるようがんばるよ！」

アルドは腰をゆっくりと引いて膣襞をひとつずつ着実に潰していく。襞どころか肉がめくれあがるほどカリが高い。雌をいじめるための造形だった。

「ひっ、あぎっ、ぃいいぃ……！」

「がんばれ勇者、栄光までもうちょっと……！」

膣口まで戻ると、またゆっくりと侵入を開始。

奥までいくと、また戻る。

そのくり返しですこしずつ加速していく。

「ひぎっ、いぃい……！　だ、だから、抜いてくださいぃい……！」

「うん、聖剣をね」

「そ、そうじゃなくて、コレって、あの、セ、セ、セ……」

「セ？」

「セックスじゃないですかぁ……！」

男性器を女性器に挿入し、摩擦して、子どもの種を注ぎこむ――という程度の性知識はリュシエーヌも持ち合わせている。さきほどまでの行為も、考えてみれば擬似的なセックスのようなものではないかと、今さらになって思う。

「あー、セックス？　あー、あー、なるほど？」

アルドは腰を止めず、それどころかふたたび乳房を揉み出した。

「やんっ、あぁあっ！」

「考えてみれば偶然セックスとおなじ状況だが、勘違いしないでほしい。コレはさきほどまでとおなじように、しごくことで聖剣を抜こうという行為であって、けっしてセックスを強要してるわけでなく、うっ、おぉ、気持ちいぃ……！」

女をえぐるピストン運動が、加速していく。

男根に刺激を与えて快楽を貪るため——そのようにしか見えない。

騙したのはお互い様だとしても、あまりにもひどすぎる。リュシエーヌは涙に濡れた顔を手で覆い、勇者にふさわしからざる恨み言を口にした。

「ひどいぃ、謝ったのにぃ……ごめんなさいって言ったのにぃ……！　鬼ぃ、外道、人でなしぃ……！　うぅう、私、初めてだったんですよぉ……！」

「たしかに血は出てたけどさぁ」

がしりと両手首がつかまれ、男の力で顔の覆いを解かれた。

あばき出された表情に、アルドは皮肉っぽく言う。

「ずいぶんと幸せそうな顔に見えるけど」

——そうだと思った。

わかっていた。だから手で覆ったのだ。

リュシエーヌの顔に苦痛の色はない。目も口もだらしなく半開き。激しい抜き差しに応じて、目をキュッと閉じたり舌を晒したりと、快感反応を露わにする。

「んぁあ、だってぇ……！　アルドさんのが、ものすごいからぁ……！」

ひと擦りごとにピリリッと電流が駆けめぐり、苦痛が焼き払われ喜悦が湧き起こる。

自然とぬめりだす蜜壺で、反り棒はますます無遠慮に暴れ狂う。

もう痛いなんて言ってられない。

「もう、これ以上、気持ちよくしないでくださいぃ……！」

やはり思ったとおり、この行為は拒絶するべきだった。

快楽に堕落し、自分が自分でなくなってしまう。

思えば手でしごいたときも、胸で射精されたときもおなじだった。摩擦のたびに肉幹は不可思議な微電流を放ち、抗いがたい快感を刻みつけてきた。

エキスを飲んでからは体の火照りも顕著になった。

そんな状態でセックスをしたら、おかしくなって当然ではないか。

「せっかくだから愉しまない？　ほら、こういうのどう？」

アルドはリュシエーヌの腕を押さえつけたまま、円を描くグラインドで膣肉をかきまわした。ゆっくりと、襞粒ひとつひとつの位置を探るように。

「あああああぁぁあ……ッ、ぁあーッ、らめぇえ……！」

顔がとろけてしまうのに、隠せない。

感悦に目が潤むのを、アルドに見られてしまう。

ぬぱっぬぱっと粘りつくような音が鳴るのは、自分の粘膜がめいっぱい男根に吸いついているからだと――いやでも理解してしまう。

だって、そうすると気持ちいいから。

太くて硬いものにたくさん吸着したほうが、動いたときの摩擦感が大きい。

「アソコはずいぶんと素直だね、リュシアン……いや、リュシー？」

愛称を勝手につけられた。馴れ馴れしく、一方的に。

嫌悪感はなく、ドキリとしてしまう。

「あんまり肩肘張らないでよ。俺も初めてだったんだから」

「そう……なんですか？」

「そうそう、初めて同士だから深く考えないで」

「はあ、そういうことなら……いい、のかな……」

それはまったく理由にならない――けれど、リュシーはそんな脆い建前にすがりついてしまった。

初めて同士で、仕方ないから。

偶然にも気持ちよくなっても仕方ないから。

ぐ、と腰が自然と――あくまで不随意だと自分に言い聞かせ――浮きあがる。

「やあぁ……浮いちゃうぅ……！」

自分から持ちあげると結合が深まって、

「おっ、おぉ、そうきたかぁ……じゃあコレはどうだ！」

アルドは肉々しい脚を抱えて、ぐっと前面に倒れかかる。リュシーの膝が押しあげられ、むちりとした股まわりが上を向いた。

そこへ、体重をかけた一撃が叩きこまれる。

「ひおッ」

「まだまだ行くぞぉ……そらそらっ、どうだどうだっ」

ゆっくり持ちあげ、ズパンッと突き降ろす。

単純なくり返しで子宮口を滅多打ちにされ、横隔膜にまで喜悦が響いた。口から出る声はひどく不自然な抑揚で、獣の唸りさながらである。

「あはっ、あぁーッ、おおぉッ、すごいぃぃい……！」

「なにがすごいの？」

意地悪な質問は無視したいけど、口が勝手に返答してしまう。

「アソコ、ズボズボするのぉ……！　んひぃいッ、すごすぎるぅううッ」

「これか？　これがすごいのか？」

「んぁああぁッ！　それぇ、それすっごいぃいい！」

ベッドの弾力を借りて、上下動がリズム感と勢いを増す。

胸のたわわな双果実も激しく弾む。リュシーの心を表すように。

（どうしよう、好きになっちゃうよぉ……！　セックス大好きになっちゃうぅ！）

ただ男根を出し入れして摩擦するだけの行為に、無我夢中になってしまう。

「はっ、ふっ、そっちもすごいな……だんだん絡みついてきた、うっ」

男の息づかいが聞こえるのも、無性に興奮する。

思えば双子の兄以外の男性とまともに話したこともなかったのに、アルドとはただの一日で肌を重ねる関係になってしまった。まるで行きずりの娼婦のように。いいや、金すら取らないのだから、ただの好き者の淫婦だ。

「あぁあ、どうしよぉ、私どうしよぉ……あぁんッ、もうこれ、病みつきになっちゃうよぉ……！　やめられなくなっちゃうよぉ……！」

「じゃあするか、毎日？」

あっさりと言われて、胸がきゅんとときめいた。

「で、でも……！」

「でもじゃないでしょ！　毎日こうしてほしくないの？」

思いきり腰を落として、ぐーりぐーりと子宮口を亀頭で丹念にこねまわす。ぞわぞわと下腹の内側に鳥肌が立つような、甘美な痺れが広がった。

「あ、あッ、あーっ、あーッ、あぁぁーッ……！」

「毎日こうやって一緒に気持ちよくなろうよ」

「ひぁああッ、だって、らってぇ……！　毎日、こんなことひたらぁ……！」

「どうなるか想像してみてよ」

「そんなぁ、ひゃめらのにぃ……！」

口まで痺れて呂律がまわらない。

ひどくだらしない顔をしている自覚はある。

毎日セックスするということは、毎日こんな顔をさせられるということだ。

「俺は毎日したいよ、リュシーとセックス……！」

アルドの声が震えを帯びる。

抽送のやまぬ肉棒も急速に痙攣し始めた。

「一回で満足なんてできないし……この気持ちいいエロ穴、もっとたくさん味わいたい！　もっともっと、干涸らびるぐらいに……！」

絶頂寸前の膨張を宿して、アルドのピストン運動は一気に加速した。女としてたっぷり皮下脂肪を溜めこんだ柔股に、我が身を埋めんばかりに腰を振る。

かき出された愛液がしぶきとなってベッドを濡らした。

かき擦られた襞肉が蒸しあがって充血し、さらに感度を増していく。

「はぁあーッ、らめらめらめなのぉッ！　毎日なんてぇ……狂うからぁ！」

「今でも充分狂ってるくせに！　処女のくせによがりまくって、さっきからキュンキュン締めつけてきてッ、くうぅ、そんなにチ×ポが好きなのか……！」

「ひぃいいぃいいッ、あひっ、はひッ」

アルドはすでに限界に近いようで、大粒の汗がいくつも落ちてきた。その冷たさを感じるたびに、膣口が脈動していとおしげにペニスを締めつける。

両者ともに性感がささくれ立ち、一触即発の状態に押しあげられていた。

「このこのッ、イケ！　イッてチ×ポ狂いになれ……！」

「やらぁああッ、ほんとに狂っひゃうぉおおッ！」

「これがトドメだ……！」

腰が上がっていく。長い竿肉を限界まで引き、カリ首が膣口で引っかかるまで。

一瞬、溜める。

——すごいの来ちゃう……！

リュシーは声も出せなかった。期待のあまり身を固くして待ち望む。

パンッと派手に音が鳴った。男の肉と女の肉が打ち合う淫響だ。

同時に、膣奥でぐちりと子宮口が潰れる感触があった。

「あっ……」

女にとって一番大切な場所を横暴に扱う、雄の面目躍如というべき一撃。

屈しちゃった——。

心地よい実感を抱いて、リュシーは法悦の律動に総身をよじらせた。

「ぁあああッ、んんぁああああああッ！　ひんぁあああああぁあああぁあぁあぁあッ」

子宮に火が点いたように熱くなって、快感が全身に飛び火するような。

頭が真っ白になって、その快感にただただ震えるしかないような。

（これが、イクってことなのね……男のひとに、イカされるってこと……）

つま先を反らせて感じ入り、股に男の体重を感じて胸をときめかせる——そんな余裕が許されるのは、さらなる追い打ちが始まるまでだった。

「出るぅ……！」

膣奥で、粘り気が爆ぜた。

すさまじい勢いで噴き出した精液が肉穴を満たしたかと思えば、

ビリビリビリィッ！

電流が子宮から脳天まで貫いた。

「ぁっ、アアア……！」

「おおぉー、出る出る、またいっぱい出る……！」

アルドは呑気に射精の快感を貪るが、リュシーはそれどころではない。

狂った、と思った。

不意打ちの電撃はけっして強烈なものでなく、むしろ微弱と言うべきものだ。だからこそ的確に性感を刺激する。絶頂で昂ぶった神経をかきむしるようにして、つい先ほどまで生娘だった女を狂おしい悦楽のどん底に叩き落とす。

「おふぅ……お？　どうした、リュシー？」

「はへ、あっ、へぇ……アルドしゃあん……」

痙攣が止まらない。ごぽりごぽりと結合部から粘濁が溢れ出すのに同期して、涙が、鼻水が、よだれが、止まらない。

わななく手でなんとか彼の胸に触れ、すがりつくつもりが爪で引っかいてしまう。

「いてっ」

「毎日、やっぱりらめぇ……ゆるひてぇ……死んりゃうぅ……」

頭の先からつま先にまで射精をされた心地だ。

たぶん、私はもうこのひとに逆らえない。求められたら求められただけ応えてしまう。自分からも歓んで彼に奉仕するだろう。献身に値するほどのすさまじい快楽を与えられてしまったのだから。

なのに……

「じゃ、二日に一回ペースで。その一回で何発も出すことで手を打とうか」

言いながら、さっそく彼は再起して動きだした。

摩擦悦を与えられながらだと、ますます逆らえるはずがない。

リュシーにできることは、せめてもの懇願に目を潤ませることだけだ。

「優しく、してくらひゃいぃ」

＊

鎧戸を開けると朝日が差しこみ、爽やかな外の空気が流れこんできた。

性臭の充満した部屋に健康的な朝の気配が充ちていく。

「はー、出した出したぁ、たっぷり出したぁ」

アルドは全裸で朝日を浴び、汗のにじむ額を腕でぬぐった。

結局、リュシーを相手に射精した回数は十二回。

日が沈むころから延々と、代わる代わる体位を変えて、だんだん要領をつかみ自分はイクことなく彼女にだけ絶頂を強いるなどして。そのたびに大量の黄ばみ汁が勢いよく飛び出すので、自分でもちょっと驚いた。

「やっぱヴァジュリウムの影響かなぁ……？」

夢精とは桁違いの射精量だったので、本物の女性相手だと勝手が違うのだろう。

それに心なしか――ペニスと精液に特殊な効能を感じる。

アルドの何倍もイキつづけて失神したリュシーがその証拠だ。

うつぶせで乳房を押しつぶした彼女が、寝息の合間に「ん」とうめくと、股から濁液の塊がこぼれ落ちる。さきほどから何度も何度も搾り出しているが、一向に尽きる様子がない。

「まあ、どう考えても普通の量じゃないし……リュシーの感じようも普通じゃなかったよなぁ」

直前まで童貞だった男が、初戦で処女をイキ狂わせる技巧など持ち合わせているはずがない。くわえて、ペニスにビリッと快感が走るたび、リュシーも同期して喜悦しているように見えた。

仮説としては、快感電流を体外に放出していると考えるのが妥当か。

「それなら……今後もリュシーを悦ばせてやれるかな」

強引に迫って無理やり快楽漬けにしてしまったが、結果オーライだと思いたい。最後のほうは彼女も自分からしがみつき、相当卑猥な言葉を連発していた。

勇者の才能はなくても、セックスの才能はたっぷりある。

肉付いた体からして、男の欲望を受けとめるのに適した形状である。

見事な桃形に実った尻を見ていると、またムラムラとしてくる。

「……もう一発ぐらい、いいよね？」

どうせ返事はないだろうと油断していると、

「眠らせてやれよー、さすがに疲れてるだろうからなー」

窓の外から呆れ気味の声が投げこまれた。

鬱蒼と茂った木の枝に白兎が留まっている。

「キルシェ……まさか見てたのか?」

「バッキャロー、アタイもその部屋で寝泊まりしてんだぞー。ぜんぜん終わる気配がねーから、おねーさん気を遣ってやったんだかんなー」

たしかにこのベッドは本来アルドとキルシェが共用しているものだった。

セックスが気持ちよすぎて忘れていた。

「じゃあ……ひとつ聞きたいんだけど」

「あんだ?」

「これから最低でも二日に一回、この部屋でリュシーを抱くから、毎回のように気を遣っていただけると助かりますがいかがでしょう」

「わはは、バッキャロー」

キルシェの投擲した木の実はアルドの顎を撃ち抜いて意識を奪った。

第二章　ウサギ姉は切ないくらい姉御肌

虐竜士ガルドはベッドの上でも豪傑であった。

同時に何人もの女を相手にし、夜通し荒れ狂い、盛りつづける。幼い息子の目の前であってもお構いなしである。

「よく見てろぉ、アルド！　女はこうやって泣かせんだ！」

女を四つん這いにさせ、乱暴に突きまわす——そんな浅ましい光景から、アルドの目を塞いでくれたのは、少年と大差ない背丈の白兎族だった。

「バッキャロー、ガルド。ガキに見せるもんじゃねーだろー」

「なんだキルシェ、妬いてるのか？　言っとくが巨乳以外は抱かんぞ？」

「アタイもガルドとはヤリたくねーなー。ほら、行くぞアル坊」

キルシェはアルドの手を引き、宿を出た。

「……森に行きたい」

「んー？　餌やりに行くのか？」

「お腹空かせてるだろうから……」

アルドは町はずれの森で生き物を飼っている。と言っても、親をなくした雛に餌を運んでやっているだけなのだが――父に見つかれば、間違いなく殺される。だから信用できるキルシェ以外には話していない。

「もう暗いから森はやめとけー。早朝に行くぞ」

「でも……」

「代わりにいいとこ連れてってやっから」

キルシェが向かったのは夜の丘だった。

丘の上には世界樹の苗木が植えられており、ちょっとした杉ほどの高さになっていた。キルシェは軽々と一番高い枝まで登っていく。アルドも彼女に教えてもらった登《とう》攀《はん》術で、遅れて彼女に追いついた。

ふたりで見下ろす夜の街は、星空のような瞬きを宿していた。

夜の歓楽街――大人の男女が遊ぶ街。

子どもにとっては穢らわしい土地だけれど、遠目にはまるでひっくり返したおもちゃ箱。さきほどまでの汚らしい光景を忘れるような絶景だ。

こんもりした黒い塊は森。雛がそこで自分を待っていると思うと、胸を締めつけられる気がした。

キルシェはすごい。こういう場所をたくさん知っている。

身のこなしは獣さながらだし、ちょっとした魔物なら一撃で首を刎ね飛ばす。

怒ると怖いけれど、基本的には優しいし、一緒に遊んでもくれる。

アルドにとって彼女は師であり、友であり、姉であり、あるいは自分を産んですぐに亡くなった母の代わりでもあったかもしれない。

「なー、アル坊。お父さんのことは好きか？」

「嫌い」

「即答だなー。気持ちはわかるけど……でも、これだけは覚えとけ」

キルシェはにかりと笑った。

見た目よりずっと年長の彼女は、世の酸いも甘いも知っている。それらをすべて呑みこんでの快活な笑顔が、アルドは照れくさくなるけれど、好きだった。

「大人の男と女がああいうことするのは、だいたい自然の理《ことわり》だ。べつに不自然なこっちゃねーし、おまえも大きくなったらだれかとするだろーな」

「する……のかな」

「するする。しないと悲しー人生になるから、すると思っとけー」

「キルシェはしてるの?」

「痛いとこ突いてくんなー……アタイのことは置いとけ」

苦笑いをしているキルシェがおかしくて、アルドはすこし笑った。

「いーか、女をヤリ捨てるガルドみてーな男にはなんなよー。愛し合うことに臆病な人間にもなんな。アレはお互いの気持ちを伝えるための行為でもあるんだ。相手のこと大好きになってやるのがマナーだかんな……わかるか?」

アルドはしばし考えて、こくんとうなずいた。

「よくわかんない」

「そかー。まあ子どもだもんな、すぐにわかんなくてもいーさ。でも記憶の片隅にでも留めとけー。愛し合うことに臆病な人間にだけはなんなよー」

アルドはまたしばし考えて——口を開いた。


そのとき言った言葉がなんなのか、夢のなかでも思い出すことはできない。

ただ——キルシェがきょとんとしたことは覚えている。

すぐにまた笑みを取り戻して、

「十年はえーぞー」

と指で額を弾いてきた。

＊

アルドはむずがゆい額を掻いて、うーんと唸った。

目が醒めれば連れ込み宿の一室。

陽射しの低さからしてまだ早朝。せいぜい一刻しか眠っていないが、頭はスッキリしている。付け加えるなら、股間はもっとスッキリ。

「やっぱりテクの問題じゃない……かな」

隣を見れば、リュシーが失神してベッドに倒れている。

夜通し様々な愛撫を試してみたが、反応がよすぎる塩梅だった。

単にリュシーが感じやすい体質なのか、それとも自分に宿ったヴァジュリウムの影響か。後者だとしたら、ペニス自体の効果か、精液および先走りのためか。

「とりあえず……ほかのだれかで試したらわかるかな」

いきなりセックスしてくれと言うわけにもいかない。うまく事が運んだとして、単に感じているのか特殊な効能を受けているのかの判断は難しい。

となると——まず調べるべきは精液のほうだろう。

「すこし借りるよ、リュシー」

アルドは寝息を立てる横顔に逸物を擦りつけた。

眠っていると表情に強張りもなく、ごくごく自然体の黒髪美人である。その肌を穢す悦びに浸って間もなく、快楽のエキスが噴き出した。

それを取っておきの水晶瓶に採集する。

状態保存の魔法を付与した優れもの。その内側においては腐敗や発酵、酸化が起こらない。握り拳程度の内容量しかないので使いどころは難しいが、アルドの所有物ではヴァジュリウムに次ぐ貴重品である。

瓶の八分目まで液が溜まったところで蓋をした。

「これでカピカピになることもない、と」

採集を終えたので、今度は身支度を始める。

備品のタオルを水桶につけて軽く搾り、汗と精液を拭き取った。

タオルはもう一枚あったので、おなじように濡らして搾り、気絶したままのリュシーの体を拭いていく。自分でもビックリするほど出してしまったので、さすがに後始末ぐらいしてやらないと申し訳ない。

「考えてみれば……悪いことしたような気もするなぁ」

溜まっていたものを暴走気味にぶつけてしまった初夜。

そして約束どおり一日置いて肌を重ねた今回。

聖剣を抜くためだからと建前を置いて、熟れた肉を貪るように何度も抱き、性欲の捌け口とする行為に、言いようのないモヤモヤしたものを感じる。

――女はこうやって泣かせんだ！


頭がズキリと痛んだ。

いやな思い出がかすかに浮上してすぐに消失する。

「ん……あ……」

リュシーは小さくうめき、薄目を開けた。

「あ、起こしちゃった？　ごめん、もうちょっと寝てていいよ」

「体……拭いてくれてたんですか？」

「勇者が精液臭かったら民衆も幻滅するからね」

「……さんざんぶちまけたのは、アルドさんじゃないですかぁ」

出会った当初の気丈な口調は影も形もない。どうやらこちらが素らしい。

「うん、だからちょっと悪かったと思って」

リュシーは気だるげに身を起こした。

が、胸を拭かれそうになると、腕を抱いて自身をかばう。

「こ、ここはいいです……！」

「そこはとくに汚しちゃったと思うんだけど」

「自分でやります！　これ以上敏感なところをアルドさんに触られたら……！」

怯えた目――というよりも、堪え忍ぶ目か。

後ろ暗い快楽に抗おうと必死に自制する、なけなしの理性は、たぶんアルドがすこし押せば簡単に崩れ去る。たった二晩の交わりで、彼女の体はアルドの虜となりつつある。それどころか、あるいは心までも。

「んじゃ、自分で拭ける部分はご自分でどうぞ」

アルドはあっさりとタオルを投げ渡した。

これ以上、彼女を追いつめるのは、なんだかいけない気がする。

「は、はあ、どうも……」

リュシーは気の抜けたような顔をして、タオルで我が身を拭き始める。

その間、アルドは軽く柔軟体操をしてから服を着た。

はふ、と背後でため息が聞こえる。

見ればリュシーがそっぽを向きながら、モジモジと腿を擦り合わせる。

「あ、あの……本当にもう、今日は許してください……勇者パワー限界ですので」

「うん、だからもうしないってば」

「はあ……でも、やっぱりまた二日後……というかもう明日の夜には」

「それだけど……こういう宿を使うのは財布に厳しいから、もうちょっと回数は控えたほうがいいかなと思うんだけど」

「……じゃあ次からは、私に出せと言うんですね」

怨みがましくも、どことなく期待の眼差しで彼女は言う。

「待って、なんかそれは俺が情けない気がする。つーか回数を控えたら済む話だし。二日に一回じゃなくて四日に一回なら……」

「はあ……それなら、まあ、私はべつに……」

そわそわと視線を泳がせて、リュシーはハッと目を見開く。

「あ、いえ、でもヴァジュリウムを手に入れるためですから……！　もしものときはお金のかからない場所で……森の奥とかで、無理やり強姦的なことされても、勇者として堪え忍ぶ覚悟はできてないこともなくて……」

ヤリたいんじゃねーかと指摘したいが、ガマンする。勇者にしろ女の子にしろ、最低限の矜持は守ってやるべきだ。宿を出るときも別々のほうが変な噂にならなくて済むだろうから、一足先に退出することにした。

「んじゃ、俺はもう行くけど……」

「行っちゃうんですか……」

「晩飯時に〈ライオン亭〉に来たら、手料理ぐらいご馳走してやるから」

最後に付け加えた言葉は、アルドなりの親切心だった。

抱き合った相手なのだから、優しくしてやりたいという気持ちもある。

――相手のこと大好きになってやるのがマナーだかんな。

また記憶がうずいたけれど、やはりあっさりと消え去った。


黄昏《たそがれ》の時刻、アルドは苦悩にさいなまれた。

〈毛繕うライオン亭〉の厨房。目の前には新鮮な果実が並んでいる。

これらをカットして盛り合わせたものに――精液をかけるか否か。

「実験とはいえなぁ……食い物が無駄になるのもいやだしなぁ……」

精液の効果を調べるためには、だれかに経口摂取させる必要がある。

直接飲ませるよりは、なにかに振りかけたほうがおそらく食べやすい。熱い料理は避けるべきだろう。この手のモノは半端に温かくなるとえぐみが増すだけだ。

おそらく、冷めたままの甘い果実がベター。

「……それでも、食える味になる保証はない」

食えないものをお出しするのは、料理人の矜持が許さない。

顎に手を当て、深く沈思する。

食べ物を無駄にするべからず――キルシェの教えだ。彼女は地獄の泥をかき集めたような激マズ料理を、意地と根性で食べきったこともある。毒でさえなければ、精液料理でも食べるだろう。

だが――もし彼女が食べて、精液に秘められた効果で発情したとして。

いや、そもそも万年幼児体型のキルシェが発情するのか。

理屈で言えば、白兎族とて繁殖する以上は性欲がないわけがない。彼女も似たような体型の兎男とセックスして、妊娠し、子どもを出産する生き物のはずだ。小さな体に反して、人間との交配成功率がほかの亜人種より高いという噂もある。

だが、しかしだ。

もし精液の媚薬性が発揮され、彼女がリュシーのようになったとして。

「……いやダメだ、想像できない」

どうしても思考に制動がかかる。

見た目が子どもすぎるためか、それとも家族同然の相手だからか。

「となると……食わせる相手なんてリュシーぐらいか。でもアイツはもう味知ってるから、条件反射で発情するかもしれないし……」

考えこんでいると、横から肘で小突かれた。でっぷり太った中年女将が慌ただしく厨房を歩きまわっている。

「こらアルド、ボサッと突っ立ってんなら給仕手伝いなよ。いつもアンタが使ってる卓、妙な客が陣取ってるからさ」

両手に乗せられたのは、料理がぎっしり乗せられた大盆ふたつ。重みからして、軽く五人前といったところか。

「はいはい、世話になってるから恩返しぐらいしますよ」

ふらつくこともなく店内へ移動し、テーブルの合間を進んでいく。

奥のテーブル席には、尋常でなく珍妙な一行が陣取っていた。

椅子に座った髑髏兵《スカルゴーレム》三体。

上座にはとんがり帽子に黒マントの魔女がひとり。

「……へい、お待ち」

「おお、待ちわびたのじゃ！」

配膳が済むと、彼女は芳醇な香りにうっとりする。

「人間などミミズ以下の下等生物じゃが、文化はつねに油断ならぬ……この肉の焼き加減はどうじゃ。ナイフを刺しただけで肉汁がじゅわっと！　じゅわっと！　ほれそこの間抜け面、この肉汁のすさまじさといったらどうじゃ！」

アルドの袖を執拗に引っ張って、肉汁の垂れ具合を見せつけ——

ぱくり、と口にする。

目を糸にして、頬が垂れ落ちるほどににんまりと口元を緩ませて、もぐもぐもぐーっとたっぷり咀嚼してから、ごっくん。

「んんんん～っ♪　うンまぁ～いぃ～ン♪」

至福に涙をにじませると、悪戯っぽく口元を歪める。

「ものすっっっごくうンまいが、絶対に分けてやらんぞ？」

得意げに手を掲げ、右目を挟むように人差し指と中指を立てる。

ピース――それは五十年ほど前から大陸西部に広まった、いわゆる友好の証。あるいは今の状況を楽しんでいますという主張。近年は大人よりも低年齢層が好むハンドサインだが、今の彼女にはピッタリかもしれない。

そして、ふたりの視線が合う。しばし無言で、見つめ合う。

「……あああああぁあああ！　虐竜士の息子！」

「気づくの遅いよ！」

「今度こそヴァジュリウムを……いや、その前に料理を！　いやでもこの機会にヴァジュリウムを確保し、二度と使い物にならなくなるよう叩き折って……」

「食わないなら下げるよ？」

「待て！　おぬしはそこで、わらわが食べ終わるのを待っておれ！」

魔女ナギはいったんその場に立ちあがり、尻で踏みつけていたマントを脱ぎ捨てた。床に落ちる寸前、髑髏兵がそれを拾って手早く折りたたむ。

そして帽子も脱ぎ捨てられた。

「本気モードで食うぞ……わらわの健啖ぶりに驚嘆するがよい！」

得意げな魔女の姿に、アルドは「へえ」とさっそく驚嘆した。

ごく端的に言えば、美少女というやつだ。

あくまで少女――ヒールの高い靴を履いていてもアルドの顎に届く程度の背丈だが、女らしい丸みを帯びる前の手足は細長い印象が強い。とくに脚は黒タイツを穿いているのでスラリと伸びて見える。

身だしなみには気を遣っているようで、黒を基調とした衣服は貴族用としても通用する仕立てだ。左右でくくった髪はきらびやかな黄金色。獣の角を摸した髪飾りが無骨なぐらいで、泥臭い酒場ではどうしても浮いてしまう。

なによりもアルドの目を惹いたのは、

「では再度いただきます！」

勢いよく着席するや、元気よく弾む胸の双球。

大きい。料理を食《は》むたびに微震する。華奢な体型のなかで浮いてしまうほどの発育ぶりだ。サイズで比較すればリュシーには当然及ばないが、わざわざ黒衣の胸元を開いて、柔らかな白い生地に包まれたソレを突き出しているせいで、ことのほか目立つ。目立ちすぎる。

しかし彼女は自分の胸が男の視線を集めていることに気づかず、一心不乱に料理をかきこんで――顔をくしゃりと悲しみに歪める。

「……じっくり味わいたいのに、無情じゃ」

童顔なので泣いてもちょっと可愛らしい。

それに――髪飾りを見ていると、すこし懐かしい気分になる。頭から生えているように見える精巧な角飾り。渦を描いた形状は、羊に似ている。

昔――こんな角を見たことがある。懐かしくも甘酸っぱい記憶だ。

幼いころ餌をやっていた森の雛は、今も健やかに生きているだろうか。

「ゆっくり食っていいよ、俺は逃げる気ないし」

「マジか」

目をキラキラさせるところが、もう完全に子どもだった。

「食べながらでいいけど、詳しく話を聞かせてくれないかな。ヴァジュリウムを使い物にならなくなるよう叩き折るって言ったよね？」

「話を聞いてどうするのじゃ？　親の形見を折る算段に加わるつもりか？」

「親父とあんまり仲良くなかったし。ヴァジュリウム自体はほかの人に渡す予定だから、折るって言われたら困るけど……なぜ折りたいのか話してくれたら、もしかしたらお互いに歩み寄ることもできるんじゃないかと思って」

その言葉に嘘はない。料理をうまそうに食べるナギの姿を見ると、話し合いの余地があるのではないかと思える。

彼女は頬杖をついて、アルドに半眼をくれた。

「わらわが人間を信用すると思ったか？」

「いや、とりあえず話し合いを」

「おぬし、山の主とヴァジュリウムが一体化していると嘘をついたじゃろうが」

「それは……俺だって殺されたくなかったし、時間稼ぎしたかったから」

「まあ殺すがのう。虐竜士の種は根絶やしじゃ。覚悟するがよい、わらわが料理を食い終わるまでの命。あ、逃げたら殺すぞ？」

「どっちにしろ殺すってことかよ！」

あまりにも一方的な殺害宣言に、ほのぼのした気分も吹き飛んだ。付け加えるなら、父のことをいちいち持ち出されるのが腹立たしい。

「だいたい親父は関係ないよ！　俺だって好きでアイツの子どもに産まれてきたわけじゃないし！」

「あやつの手にかかった者たちも、好きで殺されたのではない……たくさん、ものすごく大勢。人を害することなく、慎ましく暮らしておった者たちまで」

ナギはすこし遠い目をした。

もし彼女がドラゴンと文化的に交流していた部族の出身だとしたら、虐竜士の所業は許しがたいものだろう。ヴァジュリウムをへし折ろうという目的も、ガルド憎しであるのなら納得できる。

わかるからこそ——一緒くたにされるのは、耐えがたい。

「俺の夢はな……料理でドラゴンに舌鼓を打たせることだ！」

「虐竜士の息子にできるのは毒殺ぐらいじゃろ」

あっさり切り捨てられてしまった。

地道に料理店を営み、こつこつと経験を積んで、たまにドラゴンにおいしい料理を振る舞う——そうして人と竜の架け橋になりたいという、些細な夢が。

「ん？　なんじゃおぬし、逃げる気か？」

肩を落として歩いていくアルドを、ナギが呼びとめる。

「厨房に戻るだけだよ……」

「なんじゃショックを受けおったか？　ヘタレじゃのう」

アルドはふらつきながら厨房に戻った。

にやり、と笑う。

「ふふふ……魔女め、俺の夢を笑ったな、ふふふ……」

厨房の隅で、果実をまな板に並べる。

取り出したのは、針金。鍛冶屋で可能なかぎり細く仕上げてもらったものである。
うまく使えば刃物の代わりになるし、ヴァジュリウムの制約にもかからない。
さすがに皮を剝くのは難しいが、気合いと技術でカバーしよう。
すべて捌き終えたら――秘密兵器の出番だ。
魔法の水晶瓶を横に置き、アルドは針金を駆使した。

余分に時間はかかったが、まもなくアルドの創作料理が完成した。
果実の盛り合わせホワイトソース和え。
白濁したソースは鮮やかな果肉によく映えるが、匂いがちょっとキツイ気もする。
いやキツイ。当然だが刺激臭がする。
蓋代わりに皿を椀にかぶせ、すばやく厨房を出た。
混雑してきた酒場には体臭のきつい荒くれ者も多いので、蓋ごしの汚ソース臭など
まるで気にならない。問題ない。女将に気づかれる心配は、たぶんない。
「へいお待ち、サービスのデザートです」
最奥のテーブルに愛想よく帰還する。
「おー、腹減ったからアタイも食っていーか?」
キルシェがナギの肩に馴れ馴れしく肘を置き、にっかり笑っていた。無造作に蹴り

つけて壁際に寄せるのは、物言わぬ粗大ゴミとなった髑髏兵たち。

手下をあっさり片付けられて、ナギは涙目でうつむいている。

「ぐぬぬ……絶影士《ヴォーパル》は鬼じゃ、悪魔じゃ……リブもウルナもペルヴィスも愉快で小粋な下僕じゃったのに……」

「酒場で物騒なモン出してるほーが悪いだろー？」

「だからって、勇者と一緒なんてずるいのじゃ……」

ナギは隣席を睨みつける。

そこに座ったリュシーが、頬を染めて会釈してきた。

「お邪魔している……アルド殿」

「……どうしたの、その格好」

口調はまた勇者気取りだが、いつもの鎧姿ではない。

スカートを穿いている。裾からこぼれる太ももは相変わらずムチムチで、朝まで交わり合ったばかりなのにムラッときてしまう。

「胸に詰め物までして女装とは……変態じゃ、変態勇者なのじゃ！」

「変態ではない……！　これは、その……気分転換だ！」

「むう、気分転換なら仕方ないかの……」

ナギはよくわからないが納得していた。どうやら勇者と絶影士に挟まれて完全に畏縮していいるらしい。ちょっと胸の空く光景だ。

期せずして腹いせが完了してしまった。そのせいで盆に乗せた椀が重く感じられる。感情任せに作ってしまった、料理と呼びがたい物体を、ナギやリュシーはともかくキルシェのいるテーブルには出したくない。

「アル坊ー、さっさと食わせろー」

ぴょいとキルシェは跳びあがった。

ひょいと椀を奪いとり、テーブルに置いて、着席。余計な音は一切立てない。絶影士の無音ぶりは凄腕の暗殺者に比肩する。

「みんなで食うぞー」

「では約束どおり……アルド殿の料理をご馳走になろう」

「リブ、ウルナ、ペルヴィス、おぬしらの分までわらわはデザートを楽しむぞ……」

止める間もなく、蓋代わりの皿がのけられた。

むわりと広がる性臭。反応は三者三様。

「あっ……」

リュシーは嗅ぎ慣れた匂いにすこし驚き、とろんと酩酊顔になる。

「な、なんじゃ、これは……あまりにも匂いが独特すぎぬか？」

ナギは引きつった顔でホワイトソースを眺める。

そして最後に、アルド的にもっとも反応が怖かったキルシェ。

彼女はためらいなくカットしたリンゴをつまんだ。戸惑う様子もなく、たっぷりソースの乗った果実を幼い唇にしゃぶりこんで、

「んー」

ちらりとアルドを見あげる。

なにか言いたげだが、なにも言わない。無言で咀嚼している。

――怖ぇ。

アルドは戦慄に身を竦めた。

が、キルシェは無言で視線を盛り合わせに戻して、今度はオレンジをつまむ。

「あ、あ……わ、私の分は残しておいていただきたい！」

リュシーは慌てて手を伸ばし、全面白濁まみれのブドウをつまみ取った。口に運ぶ前に間近ですうううーっと匂いを嗅ぐ。

「ぁあ……」

うっとりとため息をついて、かぶりついた。

すぐに嚙み砕いたりせず、口内で転げまわして粘つきと雄味を楽しんでから、ようやく歯を使う。ぷちゅっと飛び出したであろう果汁が、ほのかに口からこぼれた。それを拭いもせず、ただただ口腔を満たす味わいに耽溺している。

「なんて濃厚な……すごく濃くて、たくましい味で、ブドウの酸味と絡み合って口当たりもいい……これこそがアルド殿の味だ……」

見るからに発情しているが、リュシーは参考にならないので論外。

キルシェは目立った反応もなく、ただ無言なのでよくわからない。

残るは初見でどん引きしたナギだが――

「う、うまいのかのう……？」

いぶかしげに左右のふたりを見る目には、幾分の好奇心が垣間見えた。

キルシェは眉を八の字にして思わせぶりに肩を竦める。

リュシーは自信たっぷりにうなずいた。

「もし口に合わないなら、私がすべて平らげても……」

「い、いや待て！　人間の食文化はこの口で確かめんと気が済まんのじゃ！」

よくやったリュシー。アルドは心のなかで声援を送った。

ナギは緊張にごくりと喉を鳴らし、梨をつまみ取る。とろぉ……と粘糸が垂れると、慌てて手で受けとめた。

「わ、わ、もったいないのじゃ！　わ、わ、まだ伸びるのじゃ！　なんじゃ、この粘り気は……もしやすごいソースなのか！　秘伝のタレ的なものであるか！」

「ああ、この世でただひとりにしか作れない絶品汁だ……」

よくやったリュシー。おまえのおかげでナギの瞳が好奇心にきらめいている。

とうとうナギは顔を傾けて、下品にも垂れ汁にかぶりついた。

ちゅるるっと吸い取ってから、梨を口に含む。

手についた粘液もしっかりしゃぶり取り……サクッと噛みしめた。

「ん！」

ナギは目を見開いた。

かつてない味に驚愕し、鼻ですはーすはーと息をする。

ぶわ、と脂汗が噴き出した。

「んん、んうぅううぅ……！」

見開いた目に、涙が溜まっていく。やはりキツイ味だったのだろう。

「私も最初はそうだった……だが、何度も何度も噛むうちに味わいが変わっていく。次第に病みつきになっていく。そういうものだ、このせいえ……ソースは」

「んんんんぅうう嘘りゃあ、まじゅいのりゃあ……」

「この味がわからんとは……お子さまだな」

リュシーの微笑みは困った子どもを見守るようなもので。

そのニュアンスが、ナギの負けん気を引き出した。

「まじゅい……まじゅい……まじゅい……」

はみゅはみゅと噛みしめ、そのたびに涙をぽろぽろとこぼす。なまじ飲みこむのにためらわれる味だから、かえって噛むことに集中してしまう。そろそろ梨がペースト状になって精液と混ざり合っているのではないか。

そして——徐々に変化が現れだす。

「まじゅ……まじゅい……まじゅ、まじゅ……い……？」

ナギは険しかった表情をかすかに緩め、小首をかしげた。

こっくんと喉を鳴らして嚥下する。

次の果実をつまみ、口に運んで、粘糸をすする。

咀嚼するうちに、心なしか息が乱れて血色がよくなっていく。

「これは……しょうか、薬品の一種なのりゃな？」

「薬……ああ、そうかもしれない」

「血の巡りがよくにゃって、ぽかぽかと体が火照って……不思議な心地じゃ」

再度の嚥下。ナギのとんがった目つきはまろやかにとろけていた。

次の果実に手を伸ばす時点で、彼女の童顔からは嫌悪感も消失する。リュシーと一緒に粘つく液体に魅せられて、次から次へと貪りだす。

「っしゃ」

アルドは小さく言って、達成感に拳を握りしめた。

もはや疑いの余地はない――自分の精液には媚薬効果がある。

……と、決めつけるには不安材料もあった。

「んー」

沈黙を決めこんでいるキルシェ。柔い幼顔には動揺も発情も見あたらない。呆れ気味の半眼でアルドを見あげてくる。

「ごっそさまー」

足の着かない椅子からぴょんと飛び降りるのも、いつもどおりの身軽さ。歩きだす姿に未練というものが感じられない。

「もしかして……怒った？」

小さな背中に呼びかけると、顔も向けずにヒラヒラと手を振ってくる。

「アタイが口挟むこっちゃねーさ。食材を無駄にしたら怒っけど、その様子ならふたりが平らげるだろうし……でもなー、こーゆーのは女とふたりのときにしとけー」

「ごもっともです、すんません」

階段に消えるキルシェを見送り、テーブルの方をあらためて見やる。

「はぁ……口のなかが温かくなって、唾液が止まらない……」

「不思議な味じゃ……食べれば食べるほど甘く感じられる……」

女として熟れたリュシーが太ももを震わせるのはもちろん、まだ少女と言うべきナギが下腹部に握り拳を当ててそわそわする様も、なかなか新鮮でグッとくる。

偽勇者と魔女には効果あり。白兎族の絶影士には効果なし。

この違いはなんなのだろう。気になって落ち着かない。

しばし迷ったのち、アルドは耽溺組を残して二階へ向かった。


粗末な木の扉の前で、すこし緊張した。

――なんで俺のザーメンで発情しないの？

この質問の仕方では、額を指で弾かれそうな気がする。

――俺の精液の媚薬効果を実験中なんだけど、協力をお願いしたい。

下手するとグーで殴られるかもしれない。

そもそも、発情した姿を見せられても、すこし困る。産まれたときから世話を焼かれてきたのだから、言わば家族のような存在である。

どうしたものかと悩み――ふと、違和感を覚える。

なぜ室内からの反応がなにもないのだろう？

彼女の聴力と、絶影士として磨きあげられた第六感なら、扉越しでも人がいること、それがアルドであることぐらいわかるだろうに。

（まさか……）

口に出さずに思考を巡らせた。

もし想像どおりなら――

（まさか、キルシェが……）

緊張に喉が渇いて仕方ない。

引き返せと理性が命じ、いっちまえと欲望が背中を押す。

一瞬のためらいの後――懐から冒険の秘密道具を取り出す。

〈貪欲なミミズ〉と呼ばれる、小指ほどの長さの飴色の針。一端は鋭く尖り、もう一端はラッパのように広がっている。

尖ったほうを扉の鍵穴に差しこむと、針が蠢きだした。自在に変形して音もなく鍵を開けてくれる魔法具だが、使い方はほかにもある。

ラッパ部に目を押し当てると、扉の向こうが覗けるのだ。

（バレるなよ……気づくなよ……）

気づかれたらたぶんグーが来る。キルシェのグーは小さくてもおそろしく痛い。

怖々と覗きこんでみると、白兎の姿はベッドの上にあった。

あぐらをかいて、むぅーとしかめっ面でうめいている。

「やっべーなー……耳がぼんやりしてきた」

針は呟きを拾うと、それを骨格への振動に変えてアルドに伝えた。

対して彼女の耳は機能を麻痺しているようで、普段なら気づいてもおかしくないアルドの鼓動や息づかい、〈ミミズ〉の蠕動も聞き逃している。

「なんてもん作んだよ、あのガキ……感覚がぐちゃぐちゃじゃねーか、もー。いっそ一発殴ったほうがよかったかなー、グーで」

それは勘弁してください。

「はふぅ……」

キルシェは握り拳を胸の高さまで持ちあげ、ゆっくりと開いていく。

そこには白濁まみれのサクランボがひとつ。

見つめる赤い瞳には、これまでアルドが見たこともない熱がこもっている。妖しく輝くのは、情感の昂ぶりに潤いを増しているからだろう。

「アイツの……アレから出た、汁かぁ」

深いため息をつく——その息が手の平に付着した汚汁を揺らす。かすかな波が起こり、指の合間から雫がこぼれそうになった。

「あっぷね」

ちゅっと自分の手に吸いついたかと思えば、可愛らしい舌で舐めあげる。

自分の指の間を。手の平を。そこに付着した白い粘り気を。

まぶたをなかば降ろして——幼子同然の顔に恍惚感を交えながら。

「また布団汚したらめんどーくせーしなー……食いもん無駄にするのももったいねーし……やっぱ食わねーとダメだよなー」

言い訳がましくくり返し、舌先でちょんちょんとサクランボをつつく。

舌には精液が絡みついたまま。あるいは、もしかすると――それは雄のエキスをすこしでも長く味わうためではないだろうか。

汁和えサクランボを手の平と舌で転がせば、そのもどかしい行為に自分で焦れったさを感じたのか、「あぁ」と甘い声を出す。

(マジかよ、キルシェ……こんなにエロかったのかよ)

アルドの鼓動が激しくなる。なんでバレないのかという勢いで、ばっくんばっくんと鳴っている。

目撃しながらも信じられない。

彼女の仕種からは、小さな小さな淫獣の気配すら漂う。

ナギも少女のあどけなさを備えていたが、それでも胸は育っていたし、出産可能な年齢のようには見えた。

くらべてみると、キルシェはそもそも胸が真っ平らだし、背丈からしてナギよりさらに頭ひとつは小さい。ほっぺたはいかにも柔らかそうだし、肩も背中も薄くて、腰の作りも幼くて――

外見だけで言ってしまえば、性別すらはっきりしない年ごろなのである。

（つーか、そもそも家族なのに……）

たしかに自分は興奮している。それがなにより驚くべきことだ。

やがて彼女はサクランボを口に含む。アルドは先端をしゃぶられたような錯覚に、ぐっと前屈みになる。逸物がズボンを圧迫していた。

「ん、ふぅ……んちゅっ、ちゅぱっ、ひっでー味だにゃー」

あえて唇を閉じることなく、淫らな音を立てて楽しんでいる。

あきらかに慣れた舌遣いだ。

「ほんと、何回味わっても、ひっでー味だなー」

ドクンとアルドの心臓が破裂しそうに脈打った。

何回も――精液を味わったことがあるというのか。

小さな絶影士が。家族のように一緒にいてくれた白兎族が。幼いころから面倒を見てくれて、厳しくも優しく自分を導いてくれたキルシェが。

自分の知らないうちに、男を作っていた。

その愛らしい口で、見知らぬだれかの汚れた部分に口をつけていた。

あまつさえ、ヘドロのような体液をすすっていた。

それどころか、幼げな体を開いて、脈打つ逸物で貫かれていたのだとしたら。

(そりゃあ、キルシェだって女だけど……)

冷静に考えてみれば、驚くほどのことでもない。

子どもに見えても白兎族の成人女性。だれと付き合おうと、だれとセックスしようと、咎める理由は一切ない。アルドは彼女の恋人でも夫でもないのだから。

それでも、胸には言いようのない痛みがある。

大切なものを横から奪われてしまった、耐えがたい喪失感。

もう耐えきれない――そう思ってドアから離れようとしたとき、またキルシェが嘆息まじりに呟いた。

「アタイがヌイてやらなくなった途端に、いきなり女こますとか……」

うん?

アルドは聞き間違いかと思って、慎重に耳を澄ました。

「ま、べつにいいんだけどなー。どんな女引っかけようがアル坊の勝手だし。アイツの性欲じゃ相当無茶しないと解消できねーだろーし……アタイも顎ずいぶん鍛えられちまったしなー。なーんで寝てる最中にあんなおっ勃ててんだよ、あのバカは……夜通しヌキつづけてよーやく落ち着くし」

おかしい。あきらかに雲行きがおかしい。

おかしいことはわかるが、情報を頭で整理できなくて、次に進めない。

「処女なのに口ばっか巧くなっても、使いどころねーなー、わははは。アル坊専用の口ヌキうさぎちゃんかー、わはは、わははは、笑えねー」

冷静に、ひとつずつ整理してみよう。

まず、キルシェは処女。男性経験はない。

顎が鍛えられて口遣いが巧くなるほど、何度も抜いてきた。睡眠中に勃起したアルドの逸物を。夜通し何度も何度も、アルドが落ち着くまで。

それはもうアルド専用口ヌキうさぎちゃんという状態で。

(うん、なるほど。なるほどなるほど。なるほど。なる……うん?)

なぜ。なにゆえ、そんなことに。

やっぱりよくわからないが、心当たりがないこともない。

アルドの性欲は異常である。そのことはリュシーと過ごした二回の夜で理解できた。

当初は二年分溜まりきった性欲のためだと思ったが、一日置いただけの二回目も勢いは衰えず、彼女を失神させるほどであった。

もし、二年間溜めていたという事実がなかったとしたら。

自分でも知らないうちに処理されていたのだとしたら。

(だとしたら……やっぱりヴァジュリウムの効果だ)

父が死んでヴァジュリウムと一体化するまでは、このような異常性欲に悩まされていなかった。それ以前の自慰における射精回数は、多くとも二回か三回。自分でも知らぬうちに増進した性欲を、キルシェが見抜いて——

処理してくれていた？　いや待て。なぜ処理してくれるのか。

「アル坊のち×ぽ……でっけーよなぁ」

サクランボを飲みくだしても満足できず、彼女は自分の指をしゃぶっていた。柔くて小さな指を男根に見立て、下から上にずるりと舐めあげ、チュッとキスをする。

おなじように、睡眠中の自分に奉仕してくれていたのだと思うと、さきほどの不安などすべて吹き飛んで、安堵と昂揚感に顔が熱くなった。

「あんなもんで暴れたら傍迷惑だし……アタイが口ヌキうさぎちゃんやるのは、まあ別にいいいっつーか、もー必要ねーけど」

名残惜しむように指を吸い、湿った指を眺める。

「アル坊はやっぱ、人間の恋人がいたほうがいーよなー」

ぱたん、と彼女はベッドに横たわった。勢いに乗せて両脚を振りあげ、M字に開いてベッドにつく。はしたない姿勢だが下着は見えない。彼女の着衣は白兎族の民族衣装で、平たい胸を覆う帯状の赤布と、股尻を覆う赤パンツで構成される。

赤パンツは鬼灯《ほおずき》とも呼ばれ、独特の丸みを帯びた形状だ。骨盤の広がりがなく太ももが細い、華奢な体型をふくよかに見せるためのものだろうか。

残念ながら可愛げはあっても色気はない――そう思っていたのに。

その股ぐらに、濡れた指が這い寄ってくると、アルドの呼吸は激しく乱れた。

「アタイはまーなー、オナニーも極めちゃってるし平気だけどさー」

ぶっきらぼうな口調に反して、鬼灯パンツの中心部をなぞる動きは恐ろしくねちっこい。触れるか触れないかの淡い接触で、下から上へ。下から上へ。

じっくりと、自分を焦らすように。何度も何度も。

「はぁ、今ごろアル坊はどっちとヤッてんだろうーなー……ぁんっ」

呼吸が乱れゆくにつれて、鬼灯パンツに薄く湿り気がにじみ出す。

そこでキルシェの動きは変わった。

右手をパンツのなかに突っこみ、深くまさぐるように動かす。やけに手慣れた動きで、幼腰を跳ねあげるまで一呼吸。

「んぅうーッ……！　やっぱ、これ効くなぁ……」

手首のねじりがパンツの上からでも見てとれる。具体的になにをしているのかわからないのがもどかしい。

角度の問題で、〈貪欲なミミズ〉に映るのはちょうど股ぐら。表情は一切見えない。

ただ、愛らしい手が蠢き、慎ましい膝小僧がガクガク震える様だけで、いかに感じ入っているのか一目でわかる。

「ぁっ、あッ、アッ、イクかもっ……！　もうイクかも、アタイ、イッちゃう……！んううぅう、イクイクぅ、イッちゃうぅ……！」

ベッドから腰を浮かせて激しく痙攣する瞬間、彼女はひとつの名を口にした。

「アル坊ぉ……！」

感極まってしばらく硬直し――脱力してベッドに倒れこむ。

鬼灯パンツは湿りに湿って黒っぽくなっていた。

（キルシェって……こんなにエロくて可愛かったのか）

もはやアルドのなかでキルシェの印象は一変していた。

厳しくも優しいちびっこ姉貴分などではない。

厳しくも優しい、ちびっこエロかわ姉貴分である。

「はぁあ……やっぱひとりだと足んねーなー。アル坊のガチガチのしゃぶりながらオナるのが一番いいんだけど……」

不満げにすさまじいことを言ってくれる。

「でもアイツ今ごろお楽しみの真っ最中だろーし、アタイがヌイちまうのも今の女に悪いし……アタイは見守る女ってやつだしなー、うん、よしとすっか。ぶつくさ言ってる時点で割りきれてねーっつーか、自分に言い聞かせてる感じだけど」

パンッと彼女は顔の前で合掌した。

「今までご馳走さまでした、アル坊。これからはいい女にヌイてもらえよー」

そして、わははと笑う——どこか寂しげに。いつになく彼女の小さな体が頼りなげに見える。まるで外見相応の子どものように。

はっきり言って、抱きしめてあげたい。

「……わはは、わはは、なんかすげーこと言ってんなー、我ながら。だれかに聞かれてたら傑作だよなー、アル坊とかさー、わはは」

彼女は長耳を揉みこんでいる。マッサージ、だろうか。

やべ、と思った。

キルシェの手がふいに止まる。

彼女はピシャンッと自分の両頬を叩いて、上体を起こした。

ドアに向けるのは、白い歯を剥き出した快活な笑顔。

「入れ、アル坊」

「……はい」

アルドは〈ミミズ〉を鍵穴から抜いて、地獄の気配漂う部屋に立ち入った。

正座した。

床に座りこんで沙汰を待つ。

厳しくも優しいちびっこエロかわ姉貴分は、ベッドに座って腕組みをしている。

顔には、やはり笑顔。怖いぐらいに、笑顔。

「どっから見てた？」

「たぶん、サクランボを舐めたりする、ちょっと前から」

「グーで殴るとかなんとか……いや、耳がぼんやりしてるとかだったかな」

「どっから、聞いてた？」

「うーん、ほぼ全部だなー。誤魔化せねーなー、うん」

ひとしきりウンウンとうなずいて、キルシェは平手を振りあげた。

首が飛ぶような勢いで叩かれるんだろうなーと、アルドは歯を食いしばる。

ぽふん、と頭に手を乗せられた。

「そー固くなんな。今さら手遅れだし、ぐちぐち責めるつもりもねーよ」

「キルシェお姉様は非常に優しいお方です」

どんな状況でもいったん呑みこんで冷静さを保てるのは、キルシェの大きな強みだ。

逆に言えば、呑みこまなければならない感情も当然ある。

ほのかに赤い頬が、本来彼女が囚われている感情なのだろう。

「ただなー、ひとつ聞きたいんだけど……」

「なんでしょう姐《あね》さん」

「なんで偽勇者様か魔女をこましに行かなかったんだ？」

「姐さん、俺のこと好色ヤリチン大王とでも思ってませんか」

「ムチムっちゃんをさんざん鳴かせてたくせに、今さらなに言ってんだ」

ペチンッと額を指先で打たれた。混ぜっ返しているとじきに本気で殴られるかもしれないので、アルドは深呼吸して意識を切り替える。

「キルシェが俺の精液で発情するか、確かめたかったんですハイ」

「そか。結果は知ってのとおりだ。感想は？」

言いにくいことだが、ここは口ごもる場面ではない。彼女の恥ずかしい秘密を見たあとで、自分だけ隠し立てするのは卑怯に思えた。

「――すっげぇエロかった」

「んー、そっかー。おまえから見て、いちおう性欲の対象にはなるんだなー」

「自分でも意外だったけど……めちゃくちゃ興奮してたまらなかったよ」

いまだ股間は収まっていない。張りつめてズボンを押しやる逸物を、見下ろす視線は心なしか熱がこもっている。ともすれば甘い感情にとろけそうな状態で、「うん！」と景気よくうなずけるのは、さすがキルシェといったところか。

「んじゃー単刀直入に聞くぞー。アタイとヤってみっか？」

「……いいの？」

「こーゆーのは巡り合わせだと思うんだ。アタイはぶっちゃけ、アル坊とずっとヤリたかったぞ？　女は年増になればなるほど性欲旺盛になるかんなー。アル坊にしかるべき相手がいれば、邪魔するこっちゃねーと思ってたけど……」

「ここまで来たら、ヤらないと収まらないってこと？」

「そゆこったなー」

いつもと変わらぬカラッと乾いた物言い。その薄皮一枚下には、ドロドロにぬめった感情が渦巻いている。アルドの内側に渦巻くものとおなじように。

「……じゃあやろうか、キルシェ」

「んじゃーベッドあがれー。口ヌキうさぎちゃんが相手してやっぞー」

手招きをするキルシェの目が、抑えがたい肉欲にどろりと濁った。

たぶん、もう自分たちは元の関係に戻れない——そのことに不安を覚えながらも、アルドは立ち止まろうとしなかった。

この瞬間を長年待ち望んでいたようにすら感じていた。


アルドは全裸になってベッドに横たわった。

「まずはいつもどおりにやってみっぞー。そのほうが気分入るしなー」

いつもどおりとは、睡眠口ヌキのことだろう。アルドとしても興味のあるところだ

着もない。毛玉のような丸尻尾も剝き出し。それどころか下

ったので、ふたつ返事で了承した。

キルシェは四つん這いである。

男根に顔を寄せ、幼い下肢をアルドの顔に向ける形。

いつの間にか脱いでいたのか、鬼灯パンツはすでに見あたらない。それどころか下着もない。毛玉のような丸尻尾も剝き出し。

雪原を思わせる股ぐらの白さに、アルドは言葉もない。

綿毛のように柔らかな質感がまた鮮烈だ。

「……マジでスジ一本なんですけど」

「すっげーだろー。可愛い形には自信あんだぞー」

いくら小さくても成人女性。多少は赤身がはみ出していると思って当然だ。なのに現実は、皮膚と皮膚で閉ざされた柔い門である。

ただ形が幼いだけでもない。たとえばリュシーとくらべると、縦割れの長さからして半分ほどしかない。性器と呼んでいいのかわからなくなる。

「アル坊こそすっげーぞ？　寝てるときよりなんか血管ビキビキだし」

「すっげーでしょ？　えぐい形には自信があるんだ」

お互いの性器を間近に眺め、どちらも期待感に生唾を飲む。

——もしこんな小さくて狭そうな場所にねじこんだら。

――もしこんな大きくて反ったモノをねじこまれたら。

魅入り、酩酊し、時が経つのも忘れそうになる一瞬。

先に動いたのはやはり年長者であった。

「ちゅっ」

竿に手を添え、亀頭にキスをくれる。

「っおぉ、ぞわっときたよ」

「寝てるときはこうやってまず挨拶してたんだぞー？　これから気持ちよくしてやるから覚悟しろーってなー……ちゅっちゅっちゅっ」

三連キス。粘膜が吸われてピリピリと電流が走る。

「ありがてーことに、アル坊のデカ棒は感じた分だけ快感を電流に変換して、相手に流しこむみたいでなー。どうすれば気持ちいーのか一発でわかるわけだ」

「やっぱり、俺のチ×ポってそういう機能あったのか……おふっ」

思わず喘ぎ声をあげてしまった。

ねっとりと――舌が、絡みついている。

大口を開けて、めいっぱいさらけ出された、それでも小さな赤い粘膜。たっぷりと唾液を帯びて、ことさらに水音をかき鳴らす。

「ちゅちゅっ、れちゅっ、ぬりゅううぅ……はぁ、こうやってナメナメされんのも大好きだよなー、このきかん棒は。にゅぢゅろッ、ちゅくっ……」

サイズの問題で、全面を押しつけても接着面積は狭い。その分を動きでカバーするためか、首のねじりを交えて縦横無尽に這いずりまわる。

「おぉ、キルシェすっご……！　マジで慣れてる……！」

「へへー、アル坊専用口ヌキうさぎちゃんなめんなよー？　簡単にドピュドピュしない範囲で最大限きもちよーくしてやっかんなー？」

男を悦ばせるための淫らな舞いは、一瞬たりとて留まることがない。

尖らせた舌先でジグザグに刻むような強めの愛撫。

ふにふにの唇で竿を挟み、すすりながら小刻みに舌で擦る。

べちゃりと舌を張りつけて、ゆっくり、ゆっくりと肉幹を侵略していく。

かと思えば、舌よりもずっと大きくて柔らかなものが押しつけられた。わざわざ手で肉棒を頬に埋め、ぐりぐりと顔を振りたてる。

「ふぅ、ちょっと休憩……こうやってほっぺで擦ってやると、電流はこないけどアル坊の寝息がやーらかくなってなー。緩急つけるのに役立つわけだ」

「やーらかいのはキルシェのほっぺただよ……ふにふにすべすべで、あぁ、なんかうっとりする……」

「アタイもうっとりだぞ……アル坊のがビクビクするたびに、嬉しくなる……」

しばしキルシェは頬ずりをつづけた。

アルドの逸物は童女サイズの顔には大きすぎて、だからこそやり甲斐があるというように何度何度も。先走りと自分の唾液で汚れてもお構いなしに。

何度も何度も。

くり返しくり返し。

「……やたら焦らすよね」

「焦らしたほうがたくさん出るしなー」

細脚の間からにかりと悪戯な笑顔が覗けた。赤らんだ頬を濡らすのは、唾液と腺液と、絶え間ない汗。彼女もすでに限界近くまで興奮しているはずだ。

なによりも——股ぐらのちびっこい縦スジから、ぷつりぷつりと玉の雫がにじみ出している。太ももにまで滴ると、なめくじが這ったような跡を残す。

「そろそろキルシェもほしそうだよね」

リュシーの半分ほどしかなさそうなお尻に触れ、ゆで卵のようなツルツル肌を撫でて、股ぐらへと這い寄って——

「んっ、あっ、待て。そこはまだ、触んな……ッ」

ぺたりと彼女の手の平が秘裂を覆い隠した。

「だ、だって、キルシェも気持ちよくしてあげないと」

「気持ちぃーのはおまえの竿からピリピリ伝わってくっから」

「それはそれってやつで」

「えーいグダグダうるさい！」

はぷ、と亀頭に歯を立てられた。もちろん痛みがない範囲の優しい甘噛み。アルドは腕をこわばらせて腰をビクつかせた。

「自分を焦らしてんだ、わかれよバッキャロー」

罵倒に息の乱れが混ざっていた。まったくもって彼女も余裕はない。しかし刹那の衝動以上に、どろどろに煮詰まった欲望が小さな白兎を突き動かしている。

感極まった彼女は、すさまじい独白を吐き出した。

「いいかー、ずっと今まで指専用だったんだぞー。もう一生、オナニーだけで済ませるつもりだったんだ。本当はこのぶっといやつがほしかったのに。この反り返ったやつでかきまわしてほしかったのに……あぁ、ちゅばっ、ちゅちゅっ、すっげぇスケベな形しやがってこんちくしょー。もうここまで来たら、アル坊専用は上のお口だけじゃ済まねーかんなー。下のお口もアル坊専用だ。アル坊のデカ棒で今までのさびしー異性関係をぜんぶ帳消しにしてもらうかんなー。指じゃなくて、このチ×ポで……あはぁ、ちゅっちゅ、ぢゅろっ、ぢゅぢゅぱッ、奥まで全部、ぐっぽんぐっぽん出し入れして、狂わせてもらうかんなー。限界まで焦らして熟してくんだぞー」

わかったな、と言うように亀頭の端を舌でつついてくる。

もうアルドとしては熱いため息を吐き出すしかない。

「はぁ……キルシェがこんなチ×ポほしがりエロ女だなんて思わなかったよ」

「いやか?」

「めちゃくちゃドキドキしてます」

「だよなー、エロ女だいしゅきーってチ×ポが言ってるもんなー」

ちゅっと吸いあげるのは、鈴口。先走りを尿道の奥からすすりとる。腺液の流動が射精時に似た快感を生み出し、アルドの全身を律動させた。

「あぁあ、くっ、ふぅ……そ、そっちこそ、そんなにチ×ポ好き?」

完全に主導権を握られて、せめてもの抵抗のつもりであった。

多少は戸惑うかなと思ったが——

「チ×ポ、好き」

あっさりと言われてしまう。

「アル坊のチ×ポ、好き」

背を反らし、顔を男根の真上に持ってきて。

「アル坊勃起チ×ポ、だーい好き……食べちゃいたーい」

捕食獣《プレデター》のように大口を開けて、舌をだらりと垂らす。

ぴとり、と亀頭に唾液が落ちてきた。

「つーかマジ食べちゃうぞー？　覚悟しろー？」

「食べていただけるんですか」

「下のお口が嫉妬するぐらい味わいまくるから……よーく見てろ？」

亀頭がぬかるみに包まれた。

男根の粘膜部にぴったりの温かさに、声もなく酔いしれてしまう。

が、それも刹那のことにすぎない。

小さな肉食獣はすでに貪らずにはいられない状況に追いこまれていた。

「ぢゅぢゅぢゅぢゅぢゅぢゅっ、ぢゅぱぱッ、にゅぢゅうぅぅ……！」

「うわっ、うわわっ！」

思わず声が裏返るほどに、強烈な掻痒感が肉頭に走る。

カリ首だけでいっぱいになった幼い口腔で、舌が暴れ狂う。獲物の味を執拗なまでに愉しみ、貪り、ときおり感悦して硬直するほどに。

「ちょ、うわっ、マジで食べられてる……！」

激しく擦られているのに優しい感触なのは、大量の唾液が潤滑剤になっているからだろう。唇からもだらだらと吹きこぼれて、肉竿を濡らしていく。

そんな不作法な食べ方を自制できないほど、キルシェは夢中になっていた。

ひょこひょこ動く長耳が昂ぶりを如実に表している。

「うめぇ……めひゃくひゃうめぇ……！　ひ×ぽ、うめぇっ、ぢゅにゅっ、ぢゅっぱぢゅっぱ、んっぢゅ、ぢゅー、ぢゅー、んぱっ、あぁ、ち×ぽぉ、めちゃくちゃうめぇよぉ、もっと食う、もっと食うぅ、りゅっちゅ、ぢゅぢゅううぅ」

普段のキルシェを知る身としては、信じられない豹変だった。

まさにアルド専用口ヌキうさぎちゃんの面目躍如である。

彼女が夜ごとにこんな痴態を晒していたのだとしたら、なぜ自分は目を覚まさなかったのかと殴りつけてやりたい。こんなに気持ちよくなっているのに目を覚まさないなんて、薬でも盛られていたとしか――

「も、もしかしてキルシエ、口ヌキのときは俺に睡眠薬とか……」

「あくッ！　こ、この、誤魔化したな……！」

「はぢゅっ、ぢゅぢゅうぅっ、ひ×ぽ、ち×ぽ、しゅきぃい、ぢゅぱぱっ」

なにか言ってやろうかと思ったとき、目の前でクパッと桜の花が咲いた。

ふっくらした大陰唇が、人差し指と中指で開かれたらしい。あんなに固く閉じているように見えたのに、存外に柔らかく――

桜色の粘膜をアルドの目に焼きつけるために、花開いていた。

「……きれいだ」

なんのてらいもなく、そんな感想が出た。

雪色の皮膚との境目すら曖昧な、清純なピンク色。

陰核の鞘も小陰唇もごくごく控えめで、しかし針穴のような尿道孔やヒクヒク蠢く膣口は一目瞭然。すべてが小さく、細かく、それでいて緻密な作りで、愛らしくて……なのに淫らに艶めいて、性機能の発達ぶりをねっとり誇示していた。

「それじゃ……呑みこむから、よーく見てろ?」

キルシェはいったんペニスを吐き出した。

見てろもなにも、位置的に彼女の口元は見えないのだが、そのことを問う前に、パッ。

ベッドについていた左手が浮く。空中をスライドして、尻側から股に添えられ、大陰唇をさらに大きく開く。

四つん這いだったので、上半身の支えが失われることになり——当然、彼女の体は落下する。開かれた口が、反り返った逸物へと真っ逆さまに。

ぬぢゅるるッと海綿体全体がぬかるみに呑みこまれた。

「おごッ、んおぉおお……!」

「お、おいキルシェ!」

亀頭どころか竿の半ばまで彼女の口に、いや喉に取りこまれている。サイズを考えれば気道をほぼ塞いでいるし、顎だって外れそうになっているはずだ。なのに——彼女の口からこぼれるのは、あきらかに喜悦のうめきである。

「んぼっ、ぉおおお、ひゅごっ、おぉ、喉越ひぃ……！　じぇんぶ、ひ×ぽ味にひゃれうぅ……！　んっぽ、ぶぱっぶぱっ、ぢゅっぽ、ぢゅぽっ」

キルシェは背筋を使って上下に身を振り、口喉でペニスをこすりだした。熱くて、狭苦しくて、ぬめりもたっぷりで、膣を使っているのと大差ない。

「あぁあッ、キルシェ無理すんなよ……あっ、あぁああっ！」

信じられない技巧だった。雄を貪るためのテクニックだった。

唇の締めつけと舌の舐めずり、喉の蠕動、すべてを連動させて雄を悦ばせ、激しい脈動を粘膜で感じとる——そして情熱的に抽送。喉が解放された瞬間に鼻で呼吸をするために、ひどく必死な息づかいとなっていた。

耐えられるはずがない。アルドの股間で快楽の電流が荒れ狂う。

「んんぅううッ！　ぢゅぱっ、はぽッ、おっぐ、んっぽッ」

彼女も電流を受けて甘い声をあげている。

もうひとつの口も、すさまじい勢いで歓喜の蜜をこぼし始めた。穴というより粘膜の窄まりでしかなかった膣口が、物欲しげにぱくぱくと開閉する。微細な隙間とはいえ、開くたびに大粒の液が垂れる様は、おそろしく淫猥だった。

あるいは、上の口への嫉妬だろうか。

——男を咥えこみたい。

——こうやって貪りたい。

——めちゃくちゃに締めつけて、一緒に気持ちよくなりたい。

年増兎に秘められた肉欲をこれでもかと見せつけられ、とうとう絶頂の導火線に火が点いた。

「キ、キルシェ……！　俺、一回イッたら、本当にもう止まらないよ！」

それは警告というよりも、宣言だった。

「かなり意地悪になって、乱暴になって、根こそぎ出し終えるまでキルシェのことめちゃくちゃにイジメて犯しまくると思うけど……覚悟できてるよね！」

喉で男を味わう淫乱兎に、自分がこれからすることを教えてやりたい。

——俺もキルシェを貪りたい。

その意志は、言葉以上に肉茎の充血で彼女に伝わっただろう。

「んんんんんん〜ッ！　出しぇっ、アタイの喉れ、んぽっ、ぢゅぴっ、金玉に溜まってるのたくしゃん飲ましぇおっ、ぐぷっ、ぢゅぢゅぢゅううぅぅう！」

吸引と蠕動がペニスを追いこんでいく。アルドの暴力的な衝動を引き出そうと、見た目の幼さと小ささからは想定できない淫らな粘膜運動を駆使しながら。

バチッとひときわ大きな刺激が走った。

とっさにアルドは手持ち無沙汰な両手を自分の股にまわしてしまう。

そこにあったキルシェの頭を、がっちり握りこんだ。

「飲んで、キルシェ……！　ぁあああッ、出るぅ……！」

「あぼふっ、おごぉおおッ！　飲みゅうぅうッ、ざーめんゴクゴクしゅるぅうぅ！」

尿道が跳ねた。

根元から先端へ向けて弾み暴れてオルガスムスの証を押し出していく。

びゅうぅー！

解放された精液はキルシェの喉を見事に駆けぬけ、胃袋を打った。

「んんうぅうぅッ！　ひゅごっ、あぁあッ、腹に溜まりゅうぅうっ！」

「まだだ、もっともっと出る！」

アルドはキルシェの頭を乱暴に上下させ、肉茎にさらなる快楽を押しつけた。彼女が苦しげな喉音を鳴らしても構わない。彼女が感じていることは、妬ましげに開閉する膣口を見れば一目瞭然だ。本人もそれを知らせるためか、小さな手で精いっぱい秘唇を広げていた。

期待に応えようと、喉奥でしこたま噴き出した。

口内にたっぷりまき散らした。

彼女の長耳を手折り、頭皮に爪を立てて、激しいシェイクで精液を泡立てて——それを彼女がじゅるると吸い取るときのこそばゆさに、忘我の快感も彩りを増す。

「くうぅぅッ、口ヌキうさぎちゃん最高……！」

両手にすっぽり包みこめるような頭の小ささも、吸いつきをやめない献身的な口喉も、自分を射精させるためだけに存在しているような気がした。ずっと目上の存在だと思っていただけに、それはすさまじい勢いで征服欲を満たしていく。

ただ、満たしきることはできない。

本当に彼女を征服するには、目の前で垂涎する小穴を凌辱するしかないのだ。

「よし……そろそろかな」

アルドは一息ついて、キルシェの頭を持ちあげた。

ぐぱぁ……と、生臭く蒸しあがった口が解放され、ひどく切なげな吐息が漏れる。

「あぁ……腹の底まで、アル坊に犯されちまったぁ……」

先端に唇をかぶせ、ちゅううぅーっと尿道に残った液汁を吸いあげる気遣い。さすが口ヌキうさぎちゃんである——が。

「違うよね、キルシェ。まだ腹の底は犯されてないでしょ？」

言いながら尻を撫でる。丸尻尾を優しく握って彼女をのけ反らせた。

それで意図は充分に伝わったらしく、キルシェは股の間から笑みを覗かせる。

白汁で汚れた可憐な唇を、淫らな期待にとろりと緩めて。

「これからキルシェのことイジメまくるよ」

ガク、ガク、と彼女の腰は痙攣し始めていた。


というわけで、イジメてやることにした。

まずは彼女を仰向けに寝かせて、ぷにぷにのほっぺに擦りつける。

鼻や額もさきほどの残り汁でネバネバにしてやったところで、泥んこ遊びが似合いそうな幼顔に黄ばんだ白へドロをぶちまけた。

「ち、違う！　そこじゃなくて、あーッ、んっ、こらアル坊ぉ！」

「でも顔を汚されるのも好きだよね？」

「そ、そりゃまー、興奮はすっけどさー……！　今はそーじゃなくてさー！」

不満そうなキルシェではあったが、こぢんまりした顔が粘り気で重たくなるにつれて、目には恍惚感が宿りだす。なにせ射精量が尋常ではない。精液好きな淫乱なら、顔をパックされたら興奮せざるをえない。

それでもキルシェはもの寂しげに下腹をさすっている。股ぐらに指が届く寸前でどうにか自制するあたり、さすが歴戦の絶影士といったところか。

「いじりたいならいじってもいいよ？」

「だーかーらー！　あーもう、イジメってこーゆーのかよぅ……」

「焦らしだよ、俺も自分を焦らしてるんだ」

アルドの逸物は数回程度の射精でくたびれるものではない。むしろ出すべき場所に出せなかった鬱憤を溜めて、さらに隆々と反りあがっている。

青筋を浮かべた怒張にキルシェは目を奪われ、何度もため息をついていた。

「ほらほら、そんな憂鬱な顔しないで。ここも可愛がってあげるから」

「きゃっ」

上着をまくりあげてやると、見事なまでに慎ましいものが現れた。

小さいというか平たくて、スベスベツルツルの、広大さすら感じさせる大平原。

どこまでも幼げな胸ではあるが、ペニスで突いてみるとかすかに柔らかみがあるし、ブドウの種のような乳首も裏筋でこするとチクチクして心地よい。

「ぁっ、んっ、そこも違うってばぁ……アル坊ぉ……！」

「小さいおっぱいいじめてほしくない？」

「これはこれで気持ちいーけどさー……！　今は、もっと下のほうを……」

「よしきた」

胸から亀頭を滑らせて、くびれもないぽっこりしたお腹をペチペチ叩いた。

「そこも違うぅ……！」

もうキルシェは半泣きだった。

かつて見ることのなかった表情を、とびきり可愛いと思う。

もっと虐めてやりたくて仕方ない。

さいわい彼女はコンパクトな体型なので、胸から腹まで最小限の移動で往復できる。あっという間に先走りでネトネトだ。

「ぁあ、もっと下ぁ……下、股の、ぁぁあ……おま×こぉ」

「お、それそれ。そういうのもっと聞かせてほしい」

アルドは爪で小粒の乳首を押しつぶし、彼女を痛悦に震わせた。

「ほしいなら、もっとおねだりしてよ。普段のキルシェが絶対にしないような、媚びび媚びで可愛いドスケベなセリフでさ」

「そーゆーことなら最初から言えよー……アタイも興奮するから、いくらでも言ってやんのに」

イジメのつもりが、むしろ向こうの意に沿ってしまった。

悔しさを感じてしまうより先に、彼女が動きだす。

くるりんと身をひるがえし、また四つん這いになってアルドに尻を向ける。手で秘裂を開くのもおなじ。膣口がパクパクするのも。

違うのはお尻そのものを左右に振っているのと、弾け出す淫語だろうか。

「ハメち×ぽくれよぉ……アル坊のぶっとくて女泣かせの反りチ×ポ、アタイのお子さまみたいなプチま×こにずッッッぽりハメこんで、根元までねじこんで、アル坊がどんな風にきもちよくなってんのか、アタイのスケベ襞の隅々にまで感じさせてほしいっつーか、もうなんでもいいから、犯してほしいなーって、正直ずっと前から思ってたし今さらだけど、こんなにホカホカにあったまったエロ穴もうどうしよーもねーし。ハメハメしてくれたら……アタイ、アル坊のチ×ポ奴隷になっちまうかもなー。チ×ポ見せられただけで犬みたいに這いつくばって、へっへって舌晒してすがりついて、そのエグい形のご褒美をくれるならどんなご奉仕でもしますワンって……つーか、したし。喉まで遣ってじゅぽじゅぽして、たくさん味わって、あぁ、おいしかったぁ……チ×ポめちゃくちゃおいしくて、もうアタイすっかりアル坊のチ×ポのことしか考えられないようになってっから、早く、早くこのスジマンをブッ壊すみたいにさぁ、子宮までズポズポにハメハメして、アタイをアル坊のチ×ポ汁排泄用ちび穴うさぎにしてくれよぉ……」

お尻をふりふりおねだりして、最後に締めの一句。

「お願いします……アル坊」

百点満点だ。もう堪えきれるはずがない。

アルドは餓えた獣の形相で彼女の柔腰をつかんだ。片手でも充分なほどに薄くて、小さくて、悲痛なまでのサイズ差だけれど、もう容赦はしない。

腰の高さが合わないので、ぐっと持ちあげる。

その力強さがよかったのか、

「あっ」

キルシェは嬉しそうに鳴き、自分から体勢をすこし変えた。

膝立ちの状態から両脚で立つ。それはそれで今度は高くなりすぎるので、膝の折り具合と脚の開き方で調整。すこし不自然な体勢だが、彼女の下肢は細く見えて鍛えられているのでしっかりと安定する。

「ほら……アル坊好みのきつきつスケベ穴だぞー」

「いただきます！」

ちょうどいい高さになった桜色の粘穴へと、竿先を押しつける。

ビクビクっとキルシェの背筋に痙攣が走った。

「はぁああっ……ち×ぽぉ」

「ああっ……くっつけただけでピリピリする……！」

まだ挿入もしていないのに、亀頭が溶けてしまいそうな感がある。大陰唇と膣口のあいだに広がる粘膜部分は、もちろん面積がひどく小さい。カリの縁に達するまでもなく、亀頭の先端だけですべて押しつぶすようなものだ。

一瞬、戸惑いが浮上する。

──これ、本当に大人サイズのチ×ポ入るの？

あくまで一瞬。回答もすぐさま浮上する。

──人間と子ども作った白兎族もけっこういるし、たぶん余裕。

というわけで、さらに腰を押し進める。

ねぷぅ……と粘っこい抵抗をすこし受けるが、存外にスムーズ。

「ぁああッ、すっげ、すっげ、チ×ポすっげ……あぁああ！」

ベッドのシーツをぎゅっとつかみ、よがる声はかすれ気味に震えていた。

張り出したエラが引っかかり、侵攻はいったんせき止められるが、

「オラッ」

ちょっと乱暴に押し通れば、ビクンッ、ビクンッ、と長耳が跳ね動く。

「んーッ！　んーッ！　んんんーッ！」

「よーし、先っちょ入ったよ。嬉しい？」

「んんーっ……んっ、んーッ、んんんんんーッ！」

声がくぐもっているのは、たぶん下唇を嚙んでいるためだろう。

あきらかにサイズ違いの亀頭をちびっこい粘穴に咥えこみ、ほの赤く火照った肌に玉の汗を浮かべ——なお彼女が苦痛でなく快楽に溺れている保証はどこにもない。

けれどアルドは、彼女を信じた。

にゅぱにゅぱと亀頭を咀嚼する淫らな蠢動を信じた。

ほんのかすかな物足りなさを頼りに、さらに前進する。

「んんんんんーッ……！　ん！　んあッ！」

くぐもっていた声が明瞭になった。内側をカリ首で押しつぶされるたびに、だらしなく開いた口から、甘い嬌声が垂れ流しとなる。

「あぁああーッ、あくっ、開くッ！　今まで閉じてたとこまで、開ッくぅ……あぁあああ、やべーって、これやべーよぉ……！　すっごいことなるぅ、すごっ、あああぁ、チ×ポすっげ、すごすぎぃぃ……いぃいいいっ！」

入っていく。信じられないほど入っていく。

亀頭だけで限界に思えるサイズでありながら、すでに竿半分が挿入済み。上から見下ろしていると、ぷりんと丸いけれど幅の狭い幼尻に、暴力的なほど巨大な杭が差しこまれていく形である。

リュシーとの体格の違いを考えれば、これは驚異的なことだ。

（見た目のわりに膣が深いのか——！）

自分たちより大きな種族と交配するために必要な進化であったのかもしれない。

深いだけでなく当然狭いし、カリをこする粒々や襞々も豊富。

ありがとう、白兎族。

こんなに気持ちいい穴に進化してくれて、本当にありがとう！

感謝をこめて貫いていく——もうすこしで根元まで挿入完了だ。

「ぁああーッ、まだ、まだ入って、あっ、指届かない場所！　あぁーッ、初めてだぞ、アル坊ぉ……！　アタイの初めてぜんぶ食っちまうんだな……！」

「ああ、食うよ……可愛いおま×こ隅々まで食いつくして、俺のためのチ×ポ汁排泄用ちび穴うさぎちゃんにしてやらないとダメだから、ね！」

あと一歩というところで、幼腰を引き寄せた。

ごりゅ、と音が鳴り、両者の体が密着——

根元まで挿入が完了した。

「あッ……！」

そこから先のキルシェは、もう声も出ないという様子だった。

ただ首筋から顔までを一気に紅潮させ、ただでさえ狭苦しい膣穴を激しい脈動とともに圧縮する。全力で男根をしゃぶりながら快楽の頂点を極めていた。

「おめでとう、キルシェ……！」

アルドも総身を震わせ、肉棒をくちゅくちゅ咀嚼される悦びに浸る。
「今からキルシェは、俺のチ×ポの奴隷うさぎだ……！」

*

——初めてするときはキルシェがいい。

幼い少年の言葉は、男女の情愛を知らぬ戯れ言に思えた。
どうせ大人になったら忘れてしまって、同族の女と愛し合うに違いない。
事実、彼はリュシーと関係を結んだ。
初めてを捧げることになったのは、キルシェの方である。
「ぁあぁーッ、イクイクッ、イッちまうよぉ……アル坊ぉ、んあぁあああッ」
しかも根元まで挿入されただけで、初めての膣絶頂まで捧げてしまった。
——あー、こりゃもーダメだわ。
キルシェは心のどこかで極めて冷静にそう判断していた。
（アタイもう、マジでアル坊のチ×ポに逆らえないかも……）
奴隷でも排泄用の穴ボコでも構わない。彼の太さと熱さに貫かれているだけで、頭が白んで幸せな気分に満たされていく。

なにせお互いのサイズがサイズ。腹腔をあますところなく使って締めつけているようなものだ。ぽっこりした幼腹に、ぽっこりと男根の形が浮きあがっている。横隔膜を含めて体内器官にすさまじい圧迫がかかるので、声もろくに出せない。

でも、痛みはない。

白兎族はそういうふうにできている。

「ア、アタイたち……んあッ、もともと交尾好きな種族だし、ひっ、いッ、あぁあ、ぶっといのでヤられるのも、んんんッ」

歪んだ声で必死に説明しようとしたことだが、やはりしゃべりきるには負荷があまりに大きい。代わりに彼が背中を優しくさすりながら、続きを代弁してくれる。

「人間のでっかいチ×ポぶちこまれるのも、体が織りこんでるってこと？」

「そ、そう。だからぁ……！」

すこし意識して、骨盤から膣までの筋肉を動かしてみる。

そう、ほんのちょっと動かすだけである。

「お、おっ、なんか動きが……うわっ、めちゃくちゃグネグネしてる……！」

上々の反応――彼が悦んでくれている。

いっそう筋肉を駆使すべく、喘ぎ声で横隔膜をコントロール。

「ぁッ、あー……あーッ、あーッ！」

「声に合わせてもっとグネグネって……！　ぉお、これ気持ちぃいな……！」

アルドは粘膜穴の蠢きに驚き、密着状態で金縛りに遭っていた。

白兎族特有の骨盤構造がもたらす快楽である。

そもそも白兎族の骨盤は人間のものと仕組みが違う。人間の女は妊娠すると出産に備えて徐々に骨盤が開いていくが、白兎族はあらゆる環境で俊敏に動くために骨盤が変形する。瞬時に、適宜に応じて。平地用、森林用、洞穴用、などなど。

わけてもキルシュバウムは絶影士。通常の白兎族と比べものにならない運動能力を誇るがゆえに、骨盤と周辺の筋肉が異常に発達している。

見た目が小さくても、密度が圧倒的に違うのだ。

そのために、猛然と蠢く。

骨盤周辺が脈打てば、膣肉もうねりをあげて男根を搾りあげる。

「くうぅ、うさぎマ×コってこんなにすごかったのか……！」

「ア、アタイぐらいだぞー、ここまで動くのは……あひっ、あへぇ……！」

欠点はと言えば、男根への刺激はそのまま膣粘膜への摩擦に繋がることか。しかも彼が感じるたびに快感電流を流しこまれるので、結局はキルシェが不利。

しかも多少慣れてきたのか、彼はすこしずつ腰を動かしていく。

「そろそろ犯してやらないと……エロうさぎも欲求不満だよね……！」

ぐぽぐぽと締めつける穴兎を力強くつかんだまま、逸物を引き抜いていく。

ゆっくり、じっくり、膣内の構造を肉笠でしっかり確かめながら。

気が遠くなるような快楽をつぶさに与える拷問のように。

「あぁーッ、抜けてくぅ……！　あーっ、まだ抜けるっ、あぁーッ、まだ、まだ、長いのずぼぼーって、ぁあーッ、めくれるぅぅうーっ」

白兎族には処女膜がないので、血が出ることはない。代わりに愛液がたっぷりと肉竿に絡みついて、襞がひとつカリで擦られるたびに雫がベッドに落ちる。しかも白く濁って粘っこい本気汁だ。

膣口が内側からエラ肉に押し出され、こんもり盛りあがる瞬間などは、しぶきが舞い散ってふたりの脚を汚すぐらいである。

「ぁああッ……！」

しかも、ちょっとイッてしまった。耐えられなかった。

「よし、だいたいわかってきた……ペースあげるよ、キルシェ」

「お、おう、やってみろー」

ほんの一瞬の停止時間。

どうにか平素と変わらぬ笑みを浮かべて、肩越しにアルドの顔を見やる。

獣欲に取り憑かれて、爛々と目が輝いていた。

(やっぱダメだなー……勝てねーわコレ)

多少は自分からも気持ちよくしてやらないと面目が保てない気がしたが、今やドラゴンに立ち向かう子犬の気分だ。

——おーきくなったな、アル坊。

心地よい敗北感を胸に抱き、深呼吸で来るべき衝撃に備えた。

じゅっぽ、と一呼吸で軽く一往復。

「んんんんんんッ」

ぼぢゅんっとやや速めに一往復。

「ンッあぁああ！」

ぶぢゅうぅうぅ……と、ゆっくり一往復。

「ぁあぁあぁあー、あー、ぁーッ、あッんんッ……！」

リズムが変化するせいで、膣穴の蠕動を合わせることができない。一方的に快感を与えられてしまう。もちろんアルドも幼孔の深溝を愉しんでいるだろうが、余裕はまったく損なわれていない。

「ほら、この入り口あたりグリグリ広げるのはどう?」

宣言からのグラインドで、可憐な小股が強引に拡張される。

「ぁああ、い、いいぃ……！」

「気持ちいいかぁ、そっかぁ。じゃあ、角度つけて横のあたりを突くのは？」

斜めの突き入れで膣内の側面、豆のような隆起構造が連打された。

「んっ、あぇえぇ、そこだめっ、ビリビリくるぅ……！」

「気持ちいいかぁ、そっかぁ。んじゃ、一番奥でキスするのは？」

最奥にねじこまれ、ぐーっと押しつけられた。子袋への入り口を刺激して、雌の本能を活性化させるような責めに、きゅーんと下腹がうずく。

「あーッ、あーッ、アル坊ぉ……！　切ねーよぅ、アル坊ぉ、アル坊ぉ……！」

肉のうずきに力を奪われ、耳がへなへなと倒れだした。

このまま子宮が燃えあがるまで押しつけられるのも、悪くないかもしれない――そんな一時の妄想は、ふたたび動きだした剛直にたやすく打ち砕かれた。

「もうなにやっても気持ちいいみたいだね！」

始まったのは直線的な抽送。両者のサイズ差をもっとも如実に反映する、長大で強引な前後動で、キルシェの心は千々に乱れた。

「ひいぃいッ、すっごッ、んぁああーッ！」

「さっきのやってよ、おま×こメチャクチャに動かすエロい技」

「んっ、あああーッ、これやるとアタイも、んっ、んんんッ、ぁはぁあぁあッ」

貫かれながらの命令には——どうも逆らえないらしい。

骨盤周辺を蠢かせた。ピストン運動の最中なのでうまく嚙み合わないが、決して悪くはない。むしろいい。気持ちよすぎる。合わない穴を強引に均されていくような、被虐の悦びがある。

「おーおー、やっぱコレ最高だなァ……！　気合いが入る！」

アルドは類い希なる膣肉奉仕にご満悦で、ますます腰遣いに力を入れた。

宿屋の一室に淫らな音が乱れ飛ぶ。

あー、あー、と鼻を抜ける喘ぎ声が。心地よさげな息づかいが。

ぢゅぱんっ、ぢゅぱんっ、と肉が絡んで肌が打ち合う音が。

（アタイ、本当にアル坊とセックスしてんだ……！）

それは不思議な充実感だった。小さな種が芽吹き、成長し、大きな実をぶらさげて餓えを癒してくれるような——身も心も満たされていく感覚。

彼にとっても、それは餓えを癒す行為に似ているのだろう。ただ抱くだけでなく、感度と感触を隈なく確かめてくる。

腰に爪を立てる。小さくも丸い尻を鷲づかみにする。逸物の形が浮いた柔腹を撫で、なだらかな胸の小粒な先端を爪で虐める。肩と腕を一緒くたにつかんで、その小ささに生唾を飲む。

どこに触れても肌はきめ細かく、汗を帯びると大理石のようによく滑る。だからこそ、逃すまいと彼の手つきは力を増し、跡がつくほど食いこんだ。

（すっごい……！　アル坊の手、こんなに大きいなんて……！）

なんて恍惚感。たまらない。体の内も外も、雄の力強さに蹂躙されている——もう小さかったころの彼ではない。

ちょっと寂しいけれど、その何倍も嬉しくて顔が綻んでしまった。

「あ、キルシェ笑ってる？」

そういえば壁にヒビ割れた鏡が据えつけられているのを忘れていた。

精液まみれの顔に浅ましい笑みを浮かべている自分がいる。

造りそのものは人間の子ども同然のあどけなさだというのに——それはどうしようもなく「雌」としか言いようのない媚び顔だった。

後ろのアルドに見られるとは思ってなかった。カァーっと血色が募る。

「な、な、なに言って、んひゃっ！　こらッ、こういうとき激しくすんの反則、はっ、反則ぅ、なのにぃ、ぁひぁあああッ」

「ほら、また笑ってよ。チ×ポ大好きですーって顔で」

口の端に左手の人差し指と中指を突っこまれ、ぐいっと引っ張られた。たやすく手が届くのは体格差あればこそだろう。自分よりずっと大きな男にもてあそばれる被虐感に、また顔が恥ずかしい形に緩みだす。

「お、それそれ。だらしなくてヨダレも垂れ流しの！　エロいエロい！　今まで見てきた笑顔でも一番エロくて可愛い！　ホラもっとアへ笑って！」

まるでご褒美のように角度つきの食いこむピストンがお見舞いされた。

「あっへぇえええ、効くぅううぅッ……！　しゅごいぃいぃ……！」

心がとろんとろんになっていく。鏡に映る表情も、とろんとろん。白濁に汚されているのがピッタリの、無様で情けなくて淫猥な形相だった。

おまけにアルドは左手ばかりか右手まで使って、幼顔をがっしり掴んでくる。口やら頬やら頭やら、一緒くたにつかんでも指が余るほどに彼が大きくて——自分が、小さい。彼の所有物にしか見えない。彼だけのスケべうさぎ。

「俺のチ×ポ気に入ってくれた？」

「あぁあ、気に入ったぁ……！」

彼の指をしゃぶり、にへぇと媚びた笑みを浮かべてしまう。

「ち×ぽすげぇよぉ……あぁーッ、狂うぅ！　ずっとほしかったのにぃ、予想以上すぎるっつーかぁ、んっひぃッ、マジ好きすぎるかも……！　アタイほんとうにアル坊のチ×ポ大好きすぎて、狂ってるぅ……んんんッ！」

「愉しそうだなぁ。せっかくだからピースしてみようか？」

顔をつかんだ手と、彼の腰が、ぐっと力を増した。

支えている、ということなのだろう。

(ピースなんてガキどものやるもんだけど……)

やっぱり逆らえない。従いたい。

キルシェは震える両手をベッドから持ちあげた。膣と顔にかかる負荷は増すが、体勢は安定している。安心して腕を開き、軽薄なハンドサインを鏡に向けた。

「ぴーす……♪」

顔を左右から挟むように、握り拳から人差し指と中指を立てるハンドサイン。子どもっぽい仕種が、かえってキルシェの心情を的確に彩っていた。

——チ×ポで弄ばれるのチョー愉しい！

そんな気分なのである。

「くッ……ここまで可愛くなるとは、思ってなかった……！」

嬉しいような気恥ずかしいようなコメント。アルドは満身に強張りを広げていく。

腹腔内の肉圧が膨れあがり、柔軟な膣粘膜が歓喜の悲鳴をあげる。

さきほど喉で味わったのとおなじ感覚。背筋が粟立った。

「ふぁぁあッ、イ、イクのか……！」

女にとって、これほど嬉しい瞬間はない。一心不乱の掘削は、女の体に魅入られているからこそである。

突きこみが激しく、荒く、そして小刻みになっていく。

「あひぃんッ、あのすっげぇドピュドピュ、今度は腹に叩きつけてくんだな……！　ぁあーッ、くるくるくるぅッ、あぁあ、ドピュドピュが、ドピュドピュがぁ……！

アルドのチ×ポでめちゃくちゃイカされるぅ……！」

キルシェは骨盤運動を最大限活かして、歓迎の揉み搾りを始めた。不安定な前傾姿勢ではすこし不安なので、両手をつこうとしたが――

「ダメだ、ピースはそのまま！　笑ったままイッて！　そのほうが絶対に可愛いから！　最高に可愛いところ見せたままイッてくれ！」

「可愛い可愛い言うなぁ……！　はずかひぃおぉ……！」

わざわざ指で口のなかを撫でまわしながらのご命令。

しゃーねーな、とピースを保持。

口の端を震わせながら、不格好な笑みを浮かべる。

いつもの白い歯を剝き出した快活な笑みではない。バチュンバチュンと最奥を突かれるたびに眉が歪み、目が潤む。幼くも淫らな媚笑を左右のピースで挟みこんだまま、愉悦の稲妻に背骨を貫かれて鳴き狂った。

「もう、もうほんとイクぅう……！　イクからアル坊ぉ、一緒にぃ！」

「一緒に……イクぞ、キルシエぇ！」

勢いよく叩きこまれた肉槍を襞穴の蠢動が取り囲む。ぎゅううぅうっ――と、すり潰すほどに激しく。白兎族の膣孔が本来どれほど小さいのか思い知らせるように。

――ああ……アタイ、めちゃくちゃ幸せだ。

ふたりは同時に破裂した。

びゅううぅうううぅうーッと長々しい射精が始まったのである。

「ぁあああぁああーッ！　あーッ、ぁあああああぁ……ぁぁあああああああ！」

ただただ声が高くなる。言葉を交えるような余裕はない。思考がすべて幸せな泡に変わっていた。心地よい忘我の極みで、ピーンと長耳がそそり立つ。まるでゆるんだダブルピースの代わりを務めるかのように。

あどけない相貌はひときわ緩み、焦点はブレっぱなし。口角を上げることもできていないが、アルドの指が強引に口を開いて笑みの形を強要する。

「可愛ぃ……！　キルシエ、可愛いし気持ちぃいし、最高だ……！　ザーメンまみれの顔がよく似合う、極上のスケべうさぎちゃんだ……！」

「ぁああ、アル坊もぉ……意地悪で気持ちよくて、最高ぉッ、んひぃぃいッ！　も、もっと出していーぞ、いーから、もっともっと中出しひぃいいッ」

すさまじい勢いの噴出を、小さな蜜壺はすべて受けとめていた。白兎族は受け入れた相手の精液を可能なかぎり溜めこむため、子宮が膨張しやすい構造である。だから彼女の腹は見るからに膨らみ、妊婦じみた形状に変化していく。

お腹いっぱいの粘りと、粘膜がとろけそうな熱と、そして重み。

その手前で途切れることなく巻き起こる、極太棒のすさまじい脈動。

雄に征服されている実感が、白んだ意識を蝕む。

「はへぇぇ……アタイすっげぇチ×ポに負けちまったよぉ……あははぁ」

語りかける相手は、鏡に映った淫らな白兎。

恥知らずな艶笑に魅入って、自分の現状を口に出して報告する。彼を祝福するための甘美な敗北宣言。

「アタイ……アル坊とセックスできて、めちゃくちゃ幸せみてーです……」

すると背後から、悦楽に乱れた声を振りかけられた。

「俺も……キルシェとこんなに気持ちよくなれて、夢みたいだ……」

アルドは感じ入るように呟き、射精の勢いを落としていく。

おかげでキルシェもどうにか落ち着き、快活な笑みを浮かべることができた。

「夢じゃねーし……現実だぞ？　あんっ、アタイは実際、こーゆードスケベ兎だったんだから……今まで犯さなかったこと後悔しろよー？」

「もう後悔してるし……その分まだまだ犯すから」

ゾクゾクと背筋が震える。どうやら今晩は寝かせてもらえないようだ。

望むところだと不敵に笑おうとしたのに――

顔に浮かぶのは、結局また淫乱うさぎの媚びた表情だった。

「ああ……アル坊のチ×ポと、チ×ポのお汁、もっとアタイにちょうだい……」

＊

白兎族は小さいので、オモチャのようにコロコロと動かせるのが素晴らしい。

体位を変えるときも楽々。

関節も柔軟なので相当変わったポーズも可能。

「あー、キルシェ最高……！　チ×ポのオモチャだこれ、最高……！」

「べ、べつにいいけど、やっぱ失礼な気がすんぞー……！」

「可愛い！　キルシェ世界一可愛いから大好き！」

「あーもー、やっぱ年功序列ってやつを重視したほうが……あッ！」

態度が硬化したときは、責めを激しくして鳴かせるのがいい。かなり乱暴にしても
気持ちよがってくれる。かつて虐竜士一行でガルドと並ぶ肉体派であったのだから、

その頑丈さは折り紙つき。

とはいえ、抜かずの三発を済ませると、さすがに苦痛の声があがった。

「うくぅぅ……やっべ、調子こきすぎたかなー……んぐッ」

彼女の腹はパンパンに膨れていた。元からぽっこりはしていたが、まるで胎内に出産直前の赤子がいるような有様である。

もはや決壊寸前なのだろう。アルドは彼女の腰を持ちあげ、股ぐらを真上に向かせた。慎重に逸物を引き抜いていく。

「んっあッ……な、なるほどなー、これなら溢れないかなー」

どうやら彼女は腹の痛みよりも、溜めこんだものをこぼしてしまうことを厭っているらしい。そんな心情を反映するように、抜いた瞬間はペニス型に丸々と開いていた膣口も、見る見る閉じて一本スジが戻ってくる。

その清純な形状を見ていると、ムラムラと湧きあがるものがあった。

「……いや、ここはむしろ溢れさせよう、噴水のように」

「は？」

膨らんだ腹を手の平でぐうっと押しこんでいく。

「ちょっ、こらアル坊！」

「勢いよくいったら、キルシェが射精してるみたいでエロくなるのではと」

「ブッ飛ばすぞバッキャロー！」

憎まれ口を叩きながら、彼女は瞳を潤ませる。

「アル坊の出したのだから……全部腹に収めてーってんだよ」

恥ずかしげにそっぽを向くキルシェは――もしかするとダブルピースで媚びた笑みを浮かべているときに負けず劣らず、愛くるしかったかもしれない。

なので、押した。

「ちょーッこらーっ！　あぁぁああもおおぉおおおー！　いぎぃいいい……！」

一瞬、彼女は歯を食いしばったけれど焼け石に水だった。

一本スジがかすかに開き、ビュバッと白い噴水があがる。

糊のように重たげな粘汁が見事に飛び散った。彼女自身の幼児体型を白濁に汚しながら、膨れていた腹がどんどんへこんでいく。

「……すごいね、桶でひっくり返したみたいに出てきたよ」

「出したのはアル坊だろー。あーっ、あーっ、もったいねー……んっ、はぁ……」

キルシェはすっかり全身液まみれになり、パタンと下肢をベッドに投げ出した。名残惜しげに腹を撫で、責めるように半眼で睨んでくる。

アルドはそんな彼女の脚を開いて、腰を押し進めた。

「んじゃもっぺん注ぐか」

「おー……そっか、まだまだ出せるよなー、アル坊なら。よし！」

キルシェは勢いよく上体を起こした。アルドの首に愛らしい腕をまわし、耳元に語りかけてくる。

「今度はアタイからもっと攻めてくぞー」

「お、おお、攻守逆転ってことか」

絶影士の本気はいまだ未知数。油断はできない。というか、ちょい怯む。

キルシェは見透かしたように目を細め、にししっと悪戯っぽく笑った。

「……無駄な抵抗って燃えるだろー？」

長耳がピクピクしている。

押しつぶされるのを期待する被虐の踊りだったのかもしれない。


そうして——

およそ十五回に及ぼうという激戦の果て、アルドはうつぶせに倒れた。

押しつぶされたキルシェが不平を垂らすのは、しばし間を置いてからである。

「おーいアル坊ー、そろそろどけー」

「くっそぉ……失神まで行けると思ったのに……！」

徹底した快感責めで、リュシーなら途中で十回は意識を失っていたところだ。

なのに結果として、小さな白兎は健在。

「引き分けかぁ……最初の調子なら絶対勝てると思ったのになぁ」

「や、だからどけッつってんだろー」

さすがはキルシェ。無尽蔵の体力と言うべきか。横腹を貫手で刺し、強引にどける手口も堂に入ったものだ。

アルドは悶絶してベッドから転げ落ち、ひとしきりむせ返り、

——きゅ。

後ろから頭を抱きしめられた。

「おめでとー、アル坊……おまえの完勝だ」

「……そうなの？」

「正直負けっぱなしだったぞー、アタイは」

勝った、らしい。しかも完勝であったようだ。

あの絶影士キルシェに。ずっと自分を育ててくれた、尊敬すべき大切な家族に。

ほろりと涙がこぼれた。

「俺は……今日ようやく、一人前になれた気がする」

「そりゃチ×ポだけの話だろー」

頭を放されたかと思えば、額をベチンッと指で弾かれた。

「負けたの悔しいから、しばらく偉ぶるかんな？　覚悟しとけよー」

キルシェはにかりと白い歯を見せて笑った。

淫臭にまみれた世界を日常に切り替える、まばゆくて優しい笑顔だった。

――だが。

そんな日常は、響き渡る町民の声であっさり打ち砕かれる。

「女将さん、起きてるか女将さん！　勇者リュシアンと虐竜士の息子ってのを呼んでくれ！　山の、山のふもとに出やがった……ドラゴンだ！」

第三章　ツンな魔女と寂しがり屋のドラゴン

むかしむかし——と言っても、百年にも満たないすこしのむかし。

山の奥の弓鳴り岩にドラゴンの一家がいました。

黒い鱗に紫色の妖気をまとい、頭もよくて魔法も使える紫黒竜《ヴイオルコン》。

お父さんとお母さんが数人。無邪気な子どもたち。

そして、産まれたばかりの卵。

穏やかに日々を過ごしていた一家は——一夜にして消えてなくなりました。

雷を操る人間の戦士に、みんな倒されてしまったのです。

ただひとつ、別の場所に隠された卵を除いて。

間もなく卵から孵《かえ》った赤ちゃんドラゴンの前に現れたのは、大きくて強い親ドラゴンではありません。卵よりすこし小さい、二本脚で立つ生き物。

赤ちゃんは初めて見た生き物を親と思いこみます。

その生き物は餌を持ってきてくれました。

果物、鳥、リス、甘くてとろけるような何か——人の作るお菓子というもの。

たくさん食べて、一刻も早く大きくなって、立派な姿を見てほしい。赤ちゃんがそんなことを考え始めたのと、つたない竜語を喋りだしたのは同時期。

「きゃおう、きゅう」

人間の言葉に直すなら、

——パパ、だいすき。


でも、赤ちゃんが大きくなる前にパパはいなくなりました。

いくら泣いても会いに来てくれません。

たったひとりで、お腹を空かせて、しかたなく自分の足で歩きだしました。赤ちゃんは子どもになったのです。いくら幼くてもドラゴンはドラゴン。山の獣を捕らえるのも難しくありません。

そんな生活をつづけるうち、近くにある人間の町に噂が流れました。

——山奥におそろしいドラゴンがいる。

噂を聞きつけて現れたのは——魔女。

強大な魔法が育ち盛りの子どもドラゴンを簡単に捕らえました。

「おぬし、弓鳴り岩の紫黒竜の生き残りかえ？」

魔女に竜語で語りかけられ、初めて自分が何者であるかを知ります。

弓鳴り岩と呼ばれる奇岩をねぐらにしていた紫黒竜は、虐竜士ガルドという人間によって皆殺しにされたことも知りました。

そして、パパだと思っていた者は――自分を捨てた者は――おそらく、ドラゴンではなく人間だろうとも。


彼女は魔女に弟子入りし、乾いた土が水を吸うように魔法を身につけた。

すべては人間に復讐するため。

親と同胞を殺した虐竜士を倒すために。

自分を捨てた親もどきを捜し出すために。

そして……もし、親もどきを見つけたら。

彼女はたぶん、高らかに吠えるだろう――

＊

――ドラゴンの首は万回斬れ。

皮一枚でも繋がっていれば元どおりに再生しかねない、ドラゴンの生命力を警戒しての教訓である。近ごろは「諦めずに何回でも挑め、がんばれ！」というぐらいの意味合いで使われることが多い。

「だから、私はヴァジュリウムをけっして諦めない」

リュシーはキリッと顔を引き締める。

「ドラゴンの出現に恐れおののく無辜《むこ》の民……勇者を求める悲痛な声……それらがあるかぎり、私は勇者リュシアンとして戦う。そのためにはどうしても、ヴァジュリウムが必要なのだと理解してほしい！」

声にこめられた覇気も猛々しい。黒髪と黒瞳が厳粛な雰囲気を深め、紛い物とはいえ勇者の威厳を浮き彫りにするようだ。

なのに彼女の凛々しい表情は即座に崩れてしまう。

「必要だから、仕方なく……濃い聖剣のエキス、いただくわけですが……」

床に正座したまま、仁王立ちのアルドの顔と股間を交互に見て、スカートから剝き出した太ももをよじる。たぷんっと肉乳が揺れる。

完全に雌のアピールである。

連れ込み宿にふさわしい淫売じみた仕種である。

「ほんっとムチムッちゃんは人間の男が悦ぶ典型的なスケベ体型だよなー。もっとうまく使えばどんどん搾り取れると思うぞー？」

彼女の隣ではキルシェが膝立ちになり、両手で逸物をこすりまわす。かすかに上気した顔でわははと笑い、シコシコ、シコシコ、と。間近に成熟した雌がいるせいで子どもっぽい体型がいっそう際立っていた。その巧妙な手つきは、子どもらしいつたなさとは無縁であるが。

「おぉお、リュシーよく見て勉強してくれ……キルシェの搾り技術は天下一品だから、勇者活動にもきっと役に立つよ……！」

「いいかー、ムチムッちゃん。基本はぬめり・圧迫・摩擦の三点だぞー」

「は、はあ……」

リュシーはどことなく不満げである。

――今日から聖剣エキス搾りには、ベテランであらせられる絶影士キルシェ様にご指導をお願いいたします。

そんなわけで連れ込み宿に三人で入ったわけである。

釈然としない様子のリュシーに対し、キルシェは乗り気。むしろ格の違いを見せつけようとしているような——穿ちすぎかもしれないけれど。

(もしかして、妬いてくれてるのかな)

ちょっとドキドキする。

「まずはぬめりだけど、股以外を使うときはツバを利用すんだぞー」

キルシェはすうっと雄棒の匂いを嗅いだ。じゅわっと湧き出す唾液を亀頭に垂らし、いとけない手で塗り広げる。柔らかな刺激にアルドの背筋が震えた。

「イメージしろー、股でコイツを咥えこんでるときを。エロ汁がダラダラこぼれたほうが、出し入れしたときに気持ちいいだろー?」

「そ、それは……たしかに、そうだけど……」

「アタイのこのちっちゃい手は、ネトネトのマ×コがわりになってるわけだなー。ほーらアル坊、手マ×コ気持ちいーかー?」

子どもじみた十指が蛇のように動く。サイズ差ゆえに左手だけでは握りきることもできず——それでも小指から人差し指まで波打つように連鎖して、皮膚部から粘膜部に向けて圧迫を強めていく。

「くうぅぅ、じわじわっと痺れてきたぁ……!」

カリ首に届かない場所で指が尽きると、唾液の潤滑を借りてスライド。また小指から順に締めつけを強めて、亀頭にまで至る瞬間を見極めて、

「このタイミング！」

構えていた右手で赤い穂先を握りこむ。

手首を使ってこすりまわす。

快感電流は敏感な先端から逃げられなくなり、加速度的に電圧を増していく。左手も上下しごきを止めない。ペニス全体、休む暇もない。

「おくッ……！」

ピッと透明な飛沫が鈴口から飛び、キルシェの幼顔を打った。

「あっは、やっぱ元気だなーアル坊のコイツは」

「すごい……エキスじゃないのがピュッピュッて、射精みたいに……」

リュシーは切れ長な目を丸くして、寄り目気味にペニスに魅入っていた。その竿先が突然自分に向けられると、いっそう目を見開いて驚く。

「そろそろイクだろーから準備しとけー」

「お、おう、イクぞ、イクイク……！　たっぷりエキス飲んでがんばるんだぞ？」

「ははは、はい、がんばります……！」

凛々しく上品な造りの口元が、だらしなく間延びした。鼻の下を伸ばすように口を開き、でろりと舌を垂らす。やや首を前に出すのは、ここに射精してくださいという意思表示。よし射精してやろうという気分にさせられる。

「んー、ちょいサービスが足りねーなー。ムチムッちゃん、両手は頭の後ろに」

「こ、こうでしょうか……」

言われたとおり彼女が両手を後頭部に当て、腋を開く姿勢になった瞬間、
シュパッ。

目にも止まらぬ速度でなにか——おそらくキルシェの手刀——が翻った。

パツパツだったリュシーのブラウスが弾け、大玉乳房がまろび出る。

「ひっきゃふえああッ」

「そのポーズのままだぞー。自慢のデカ乳揺らして教えたとーりおねだりしろー」

「ふぐうぅう、わかりました教官……」

なんだか知らないうちに不思議な人間関係になっている。

リュシーは舌を晒して一息置き、淫靡な言葉を発した。

「ごしゅりんひゃまぁ……卑ひいリュヒーにれバれバろひゅけベエキひゅくらひゃいい……ごきゅごきゅっへ音を鳴らひへ下品りいらきまひゅぅ……」

舌を仕舞わないので不明瞭な発音だが、おおよそは理解できた。最高に下品な言葉と表情で誘われて、海綿体が最高潮に駆けあがる。

「お、お、ビクビクしてきたなー。ピリピリ感じるぞー、アル坊の気持ちよくなってるの……出るなー、あーこりゃいっぱい出そうだなー」

ここぞとばかりにキルシェが手淫を加速させてくる。

押し寄せる快楽の波にアルドは逆らうことなく、すべてを解放した。

「よーし、たっぷり召しあがれ……！」

く、とリュシーの眉根が強張った直後、舌に白濁流が叩きこまれた。そのまま口内へと飛びこんで、見る間に溢れるほどの量が溜まっていく。

アルドの竿肉は出せば出すほど絶頂感に蝕まれた。キルシェが手しごきを止めないせいで息を吐く暇もない。いくらでも、出る。

「へへー、すっげー飛ぶよなぁ……どーだムチムッちゃん、うめーか？」

「んぅー！　こ、濃いぃれひゅうぅ……！」

リュシーは注がれたものをこぼさないように、やや上向きになっていく。

それに合わせて——おそらくは故意に、キルシェは狙いを外した。

べちゃべちゃと顔を汚されて、リュシーは全身の熟肉をこそばゆげに揺らす。汚辱のたびに息が乱れ、口内の液面が波打っていた。

「勇者様はすっかり顔マ×コになっちゃったね、すばらしいよ」

「はおぉ、あるろひゃん……酷いれしゅぅ……」

「顔マ×コならアタイも負けてねーけどなー……あーん」

くいっと竿先が横に逸れた。

待ち受けていた白兎の口腔に濁液が飛びこみ、つづけざま幼い顔が粘り気に襲われていく。緊張したリュシーとは対照的に、心から心地よさげに微笑みを浮かべ、れろれろと空中で舌まで泳がせながら。

「くーッ！　へばりつくこの感覚、鼻を突く匂い……ほんっとスケベだよなー、アル坊のチ×ポ汁ぅ。こんなもん浴びて顔マ×コにならねーはずねーよなー」

「キルシェは顔ちっちゃいから簡単に汁まみれになるなぁ……すっごいエロい」

「あぁーん、わらひのえきひゅなのにぃ……！」

「おまえのじゃねーぞー、これはアル坊のチ×ポ汁だからアル坊がぶっかけたいと思った相手にぶっかけるもんだ。ほらアル坊、どっちにぶっかける？」

しっかりペニスを掌握しておきながら、一体なにを言うのやら。

「れも、れもぉ……子ろもにぶっかけは、らめれしゅうぅ！」

ここでリュシーが口をペニスに寄せてきた。

「おっ、そーきたかー……でも独り占めはダメだぞー」

間一髪でキルシェも舌を伸ばしてくる。

こうしてふたりがかりのフェラチオが始まったのである。

結局、アルドは連続二回の射精を経て、ふたりの顔と口を生臭く蒸しあげたのち、代わる代わる貫いて夜を過ごした。

翌朝、リュシーは失意と安堵をないまぜにして連れ込み宿を後にした。

ふらつく背中を窓から見下ろし、アルドは腕組みで唸る。

「……キルシェはどう思う？」

「勇者になるのは絶対ムリだなー。見るからに運動神経切れてるタイプだし、体力もつかねータイプだなー。夜も真っ先に失神したし」

「失神はキルシェが乳首責めしすぎたからじゃないかな……」

「つねり甲斐のあるデカさだったから、ついなー」

昨夜はひとりで女ふたりを貪る絶好の機会と思っていた。蓋を開いてみれば、キルシェとふたりがかりでリュシーを責め倒し、途中からはどちらが先に彼女を失神させるかを競っていたような。

「ほんっともったいねーよなー。途中脱落なんてなー」

キルシェの笑顔は普段とくらべても晴れ晴れしい。

まるで――物事がすべて予定どおりに運んだ会心の笑顔。

「あのさキルシェ、もしかして最初からふたりきりになるつもりで……」

「ところでドラゴンはほっといていーのか？」

話を逸らされた。

そりゃねーだろと思うが、話題が話題だけに乗るしかない。

先日、シェイデンの西にある山のふもとでドラゴンが発見された。

猛然と暴れ狂い、獰猛な唸り声をあげているところを木こりが発見し、噂が一気に広まったのである。実際に薙ぎ倒された木々が発見されると、シェイデンは恐怖に震えあがった。

ドラゴンは強大である。

虐竜士ならいざ知らず、一般の兵が百、あるいは千人集まったところで、頭上から炎を吹きかけられればたやすく陣形は瓦解する。統制を失った兵に恐怖が伝播し、自滅と敗走が始まる――恐慌の定番として語り継がれる程度には有名な話だ。

ドラゴン相手に多勢はむしろ悪手。

必要なものは少数精鋭。たとえば虐竜士とか、伝説の勇者とか。

「俺は料理人であって冒険者でもドラゴンスレイヤーでもないよ」

否定。拒絶。吐き捨てるように言う。

「それにドラゴンだからってみんな騒ぎすぎなんだよ。山に現れてちょっと暴れただけで、べつに人間が襲われたわけじゃないんだろ？」

「今んとこ人間が犠牲になったっつー話は聞いてねーなー」

「んじゃほっといてやろうよ。アイツらだってムシャクシャして自然破壊したくなることぐらいあるだろうし……ほっといてやるのが一番だ」

ほっといてやるのが一番――自分に言い聞かせるように言ってしまったことが、すこし後ろめたい。

かつて、ほうっておくことでしか救えない命があった。

当時のアルドではほかにどうすることもできなかった。

「あんときのこと思い出してんのか」

「まあ……ちょっとね」

まだ精通も迎える前のことだが、自分がしたこと、できなかったことは昨日のことのようにはっきりと思い出せる。

その日アルドは父にドラゴン虐殺紀行を見せつけられ、ウンザリしていたところ、偶然にも竜卵の孵《かえ》るところに出くわした。父の目につかないよう隠し通し、近場の街に滞在しているあいだは餌を運んでやった。それはもしかすると、横暴な父への反抗だったのかもしれない。

だが、刷りこみで幼竜に親と勘違いされ、懐かれているうちに、情が移った。

名前をつけてやると、ますます愛着が湧いた。

キルシェに手伝ってもらって獣を捕らえ、餌にしてやっているうちに、父の所業に対する嫌悪感が膨れあがった。友達になれるかもしれないドラゴンを、ことさら殺戮する意味が、いったいどこにあるのか。

「考えてみれば……あのときからだよね、俺が料理に興味を覚えたの」

「アタイがクッキーの作り方教えてやって以来だなー」

「あいつがうまそうに食ってくれたから……」

だが——人と竜の蜜月は長くつづかない。

父が息子の動向に疑問を抱いたのだ。

一時は事情を知るキルシェの口添えでなんとか誤魔化せたが、二度三度と通用するはずもない。このままでは、幼いドラゴンまで虐竜士の餌食だ。

子どもにできたのは、幼竜との関係を断ち切ることばかりであった。

「ま、チビとはいえドラゴンだかんなー。適当に餌は手に入れて強くたくましく生きてるだろーし、アル坊が気に病むこっちゃねーさ」

パンパンと尻を叩いて励ましてくるキルシェに、煮えきらない笑みを返す。

もし、願わくば——またあの小さなドラゴンに会い、手料理を食わせてやりたい。

今ならあのクッキーよりずっと美味いものを振る舞えるはずだ。

そんな思い出に浸る時間は——長くつづかなかった。

街で突如として歓声が巻き起こったのだ。

「なんだ朝っぱらから……」

「……おー、大変なことになってんなー」

キルシェは長い耳を澄まして聞き入る。

「街の連中がムチムッちゃんを取り囲んで激励してんだけど……」

「あんな雌々《めすめす》しい体なのに、まだ勇者だと思われてるのか」

「この地方じゃ勇者リュシアンなんて伝聞だけの存在だしなー。実は女でしたーと言われても、別人と思うより先にドラマチックな展開だと思うんじゃねーの？　それにちょうどドラゴンへの恐怖に街が——あ」

あ、ときた。

「——勇者リュシアンの名にかけて今からドラゴンを征伐する！　だそーだ。馬に乗って、あー、あー、山のほうに……鼻息荒くお出かけみたいだぞー」

「……たしか鎧も着てなかったと思うんだけど」

「どーする？」

「ほっとくわけにもいかないだろう……ちょっと眠りたかったけどしょうがない」

アルドとキルシェは急いで宿を出た。

馬商人から格安で借りた馬でふたりは駆け出した。

ふてくされた口元の、馬というかイボイノシシ似の、あからさまな駄馬。その首に小さな手刀があてがわれている。

「わはは、飛ばさねーとズボッと行くぞー」

アルドに背を預けたキルシェが殺気を放つと、馬が飛び跳ねた。

駄馬といえど、死ぬ気で走れば充分に速度が出る。

踏み慣らされた街道は、山に近づくにつれて登り勾配になった。リュシーの背中が見えたのは、ちょうどそんなときのことだ。

「おいリュシー！　ちょっと落ち着いて自分の実力を鑑みてみようか！」

「ムチムッちゃんの実力だと崖に突進するようなもんだぞー」

「黙れ、勇者をなめるな！」

「おまえ偽者だろうが」

「今こそ兄に代わり、真の勇者になるべきとき！　待っていろドラゴン、その首を切り落とし街の広場に飾ってやる！　ハイヨー、クー・ド・ヴァン！」

手がつけられない。完全に頭が勇者色に染まっている。

「どうしようか、キルシェ。勇者っていうか無謀者だアレ」

「……馬上セックスでもすっか？」

真顔ですごいことを言ってきた。

「なぜこの局面で」

「近くでチ×ポぶっこまれてるの見たら、あいつムラムラきて淫乱モードになるだろー？　チ×ポ大好きメスブタ女だし」

「だよねぇ、三度の飯よりザーメン大好きおっぱいブタだもんねぇ」

「ひどいこと言われてる気がするんですけどぉ！」

リュシーは絶叫した。いつの間にか速度が落ちて併走状態。

ぴょいっとキルシェがそちらに飛び移る。

「止まんねーと鍋でおいしく煮こんじゃうぞー」

首筋に手刀を当てられ、勇者の白馬は急停止した。

リュシーは勢いあまって空中に放り出されたが、抱きついてきたキルシェに重心を操られて、しゅたっと両脚で地面に着地する。

「お、おお、おぉー……こ、こわっ、怖すぎました……！」

「目ー醒めたかー、へっぽこおっぱいー」

「冷静に考えてドラゴンをどうにかできると思うかい、肉揺れッシー」

「代わる代わる酷いこと言われてる気がするんですけどー！」

アルドは駄馬の足を止め、地に降りてふたりに駆けよった。

「んで、まだドラゴンとやれるつもりか？」

「それは……現段階では無理ですけど、でも突如として勇者の力が覚醒したら都合よく倒せるような……そういう勢いだった気がします！」

「俺さ、つくづく疑問なんだけど……なんでそんなんで無事に旅できてたの？」

こんなにも頭が軽くて肉ばかり重そうな女は、さっさと身ぐるみを剝がされて山賊の奴隷にでもされるのが道理ではないだろうか。

「えっと……兄上の大事な魔法の道具をたくさん使って」

「へえ、じゃあそれ使って戦うつもりだったのか？」

「それが、その、シェイデンに虐竜士の息子がいると聞いたから、到着するなりヴァジュリウム費用に換金して……でも正義の鎧エメランディアとクー・ド・ヴァンは残ってますすよ！　エメランディアは宿に置きっぱなしですが！」

「なー、エメランディアって盾とセットじゃなかったか？」

「俺も聞いたことがあるな。たしか〈天使の碧薔薇《ロジエール》〉とかいう薔薇型の盾で、花弁が舞い散るように分散して蜂のように舞い勇者を守るとか」

「あ、それ盗まれました、寝てるうちに」

リュシーは誤魔化すような笑顔で頭を掻いている。

威厳も緊迫感もなにもあったもんじゃない。

アルドとキルシェはうなずき合い、左右からリュシーの腕をがしりと確保。

「よーし帰ろうかーへっぽこ乳ブター」

「こう言っちゃなんだけど、リュシーの体なら適当な男引っかけて養ってもらうのが一番かもしれないよ……」

「つまり……アルドさんが養ってくださると」

「……そうなるの？」

「だってアルドさん、私の体に引っかかりましたよね？」

なるほど、見方によってはそうなるか。

「でも俺、養えるほどの金持ちじゃないけど」

「まさか……エメランディアを売ってそのお金で貢げと」

「涙目になるぐらいなら言うなよ……いやいいよ、売る必要ないよ！」

そのとき。

ピクンとキルシェの長耳が跳ねた。

快活な笑みはそのままに、彼女の腰がすこし落ちる。今にも飛び出しそうな姿勢で、吐き出す言葉は絶望的だった。

「やられたなー、魔法で気配を絶ってやがったかー」

山の木々が一斉にざわめく。

空気がほの紫に色づき、とろみと苦みを帯びていく。息苦しい。

紫の空気がひときわ濃くなる方向へと目をやれば——木々の合間から黒い鱗の巨体

が突き出していた。

「ひっ……！」

リュシーは雄大なドラゴンの威容に青ざめ、その場にへたりこんだ。

白馬と駄馬はいななきをあげることもできず、ただただ震えている。

――どぅるぅくうぅ……

唸り声は肌が痛くなるほどに大気を震わせた。

鱗の隙間から紫光が漏れだし、その光を浴びた空気が紫に変色していく。

「アル坊……こいつ……」

「うん、わかってる……紫黒竜《ヴィオルコン》だ」

一般的なドラゴンのイメージにくらべると、かなりの細身である。蛇のように長細い体から生えた四肢は鹿のように細く鋭い。翼ばかりが体をすべて覆いつくすほどに大きい。そのスケールは熊や象をはるかに凌駕している。

はるか頭上から見下ろしてくる――剣呑な、鷹のように鋭い顔つきで。

その顔が、近づいてくる。

長い首を降ろして、ヒツジ似の巻き角を突きつけるように。

「アル坊……聴いた感じだいたい年季は十年ってとこだなー」

キルシェは冷静に耳を澄ましていた。彼女は他者の鼓動や呼吸、血流など生命の音を総体として聞きとることで、様々な情報を読みとれる。

十年前後――辻褄は合う。

一口で自分をかみ砕ける顎《あぎと》が間近に迫ってきた。どうしても脚が震えてしまう。それでも声だけは震わせることなく、力強く問いかけることができた。

「おまえ……弓鳴り岩の生き残りか」

ぴたり、とドラゴンの動きが止まる。

やはり言葉が通じる。魔法を使えるのなら人語を解する可能性も高い。

紫黒竜はもともと稀少な種であったが、十年ほど前に虐竜士ガルドの手で絶滅に瀕した。たった一匹、アルドが隠した幼竜を残して。

「弓鳴り岩の生き残りだとしたら……俺のこと、覚えてないかな」

ドラゴンは動かない。

ただ鼻が触れるほどに間近から、燃えあがるような目でアルドを見つめている。卵から孵ったばかりの幼竜が、親を求めて目を凝らしていたときのように。

「わかるよ……やっぱり、おまえなんだな」

腹の底からこみあげるのは、後悔と苦渋。

胸からこみあげるのは、喜び。

アルドは涙ながらに微笑みを浮かべた。

「ごめんな……黙っていなくなって。本当に、ごめん……」

ぐく、ぐ、とドラゴンの喉が鳴る。まるで、子どもがしゃくりあげる音。

「すっかり大きくなって、魔法まで使えるようになって……強くなったんだなぁ。覚えてるか？　俺が毎日言ってたこと……もっと大きく、強く育てよって」

とびきり強くなれば――虐竜士になぶり殺されることもない。

だから、アルドは願いをこめて名前をつけた。

何者より強く、何者より偉大なドラゴンにふさわしい名前を。

「生きていてくれてありがとう……無敵ゴッドキング！」

とびきりの笑顔で手を広げた。

ドラゴンは動かない。静物と化している。

「はは、そうやってムッツリしてるとなお強そうだぞ無敵ゴッドキング。鱗も黒光りして立派じゃないか無敵ゴッドキング。魔法を使えるなら、人間の言葉もしゃべれるんじゃないか無敵ゴッドキング。それなら……しゃべってほしい。恨み言でも罵倒でもいい……おまえの声が聞きたいんだ、無敵ゴッドキング。頼むよ、無敵ゴッドキング。さん、はい！」

沈黙。

しばし待っても返事はない。

「ははは、シャイなやつだなぁ無敵ゴッドキング」

「あの……アルドさん、その無敵なんとかというのは……」

へたりこんだままのリュシーが訊ねてくる。

「こいつの名前さ。昔、俺がつけてやったんだ。な、無敵ゴッドキング？」

「無敵……ゴッド、キング……」

「どうした？　なにか言いたいことでも？」

「いえ……なんでも……」

リュシーが目を逸らす。

「まさかこの年になって、その名前へーぜんと口にするとはなー……アタイも思ってなかったぞーアル坊ー」

「そりゃあ思い出の名前だし、ちょっと気恥ずかしいけど……でも！　俺はこの無敵ゴッドキングに出会えたことを、今さらだけど天に感謝したい気持ちなんだ！　だってこうやって再会できたんだから……なあ！　無敵ゴッドキング！」

瞬間、目の前が闇に染まった。

全身が熱い。高熱の泥沼に頭まで沈んだような感覚。

――口腔粘膜だ。

「うわわっ、わわ！　アルドさんが食べられたー！」

「あーもうー！　そりゃーあんな名前で呼ばれたら怒るわなー！」

ドラゴンの口内であれば、いつ嚙み殺されてもわからない。

でも――まあいいか。

虐竜士の息子がドラゴンに食い殺されるのは因果応報かもしれない。

なにより自分は、無敵ゴッドキングの信頼を裏切ってしまったのだ。

「ごめんな、無敵ゴッドキング……長生きしろよ」

高熱に包まれて、急速に全身が気だるさに包まれていく。

意識を失い、浮かびあがる夢は、小さなドラゴンと過ごした懐かしい日々だった。


目覚めたときに広がる光景は天国でも地獄でもなかった。

尖った岩だらけで緑の少ない寂れた風景である。あえて分類するなら地獄に近いが、空気は適度に涼しい。山奥のどこかだろうか。

アルドは積み重ねた藁の上に寝かされていた。

「弓鳴り岩のあたりに似てるな……やっぱり故郷に似てるから？」

背後に佇む気配に、顔も向けずに話しかけた。

「おまえの本当の両親や同胞を殺したのは、俺の親父なんだ」

すべて話さなければならない。

殺すことなく連れてきた以上、会話する気はあるのだと信じたい。

「だから……いや、罪滅ぼしってわけじゃなくて、あのころの俺は親父のやり方がいやでいやでたまらなかった。もし卵を隠してドラゴンを育てたら……なんていうか、親父とは違う人間になれるような気がして」

訥々と語る。

「でも結局、子どもだったんだよね。親父と別れて生きる力はない。だからって親父ともおまえとも一緒にいようとすれば、いずれおまえが見つかって親父に殺されただろうから……」

おなじく子どもだったのに——おまえはひとりでも、こんなに大きくなれた。

そのことがとても喜ばしい。

まるで本物の親になったような気分だ。

「……わらわを救うために、わらわの前からいなくなったというのか」

ようやくの返事は、やけに高い声だった。

というか、どこかで聞いた声である。

いつの間にか巨大で重々しい気配が感じられなくなっている。

「無敵ゴッドキン……グふっ」

振り向くや、首を絞められた。

「その名前で呼ぶなあああああぁあぁ！」

ガクンガクンと揺さぶられた。

洒落た黒衣に身を包んだ年若い魔女――ナギの手で。

「がほっ、うべふっ、ナ、ナ、ナゴッ」

「ナゴではない、ナギだ！」

彼女は真っ赤な顔に涙目で激怒していた。

「なんつー名前じゃ！　無敵だのゴッドだのキングだのセンスの欠片も感じられんのじゃ！　人間の取り柄は芸術と文化であろうに、センスで無様を晒すばかりか子どもに押しつけるとは、いったいどういう了見じゃ、パ……！」

ぴたりとナギは言葉を止めた。

顔の赤みが濃くなり、手の力が緩んでいく。

「ごほっ、ぐふっ、ぅう……お、おまえが、無敵ゴッドキ……」

「ナーギー！　わらわは黒衣の魔女ナギ！　弓鳴り岩の紫黒竜が最後の生き残り！　虐竜士の残したものをひとつ残らずこの世から消し去る者！　わが同胞のため、紫黒竜の名誉のために――ひとつ残らずじゃ！」

両手をバタバタと振ってアピールする姿には、名誉もなにもない。

ただの子どもだ。

キルシェよりは背も高いし、胸に至っては大人顔負けだが、頬をぷくーっと膨らませた表情からして、お子さま以外の何者でもない。

アルドは思わず噴き出してしまった。

「な、なんじゃ！　わらわを嘲笑するか！」

「そういうわけじゃないけど……で、どうするの？　俺を殺すのかな？」

アルドはその場であぐらをかいた。

好きにしろ、という気持ちをこめてナギを見あげる。

ドラゴン状態では雄々しかったのに、今やすっかり金髪美少女である。

(まあ……エッチなこともいろいろできたし、悪くない人生だったよね)

ナギはしばし呆けたようにアルドの顔を見下ろしていた。

かと思えば、藁の上に膝をつく。四つん這いでニヤリと不敵に笑う。

「ふ、ふふふ、ヴァジュリウムのありかは調べがついておるぞ——今こそ確実にへし折ってくれるわ！」

ピンッと股間を指で弾かれ、条件反射的に逸物が硬くなる。

「お、おお、まずは折るところからか」

殺される覚悟ならしていたが、それはちょっと抵抗がある。

「このあいだは妙な薬を飲まされ、思わず暴れ狂ってしまったが——どうにか冷静さを取り戻した。まずは聖剣を抜いて抜いて抜きまくればいいのじゃろう？」

ナギはためらいなくアルドのズボンをずらした。飛び出してくる赤銅色に、「ほう」と感心の吐息を落とす。

「なるほど……にっくきヴァジュリウムにふさわしく、おぞましき姿じゃな」

「こ、こら、女の子がそんなこと……んっはぁ！」

いきなり鷲づかみにされて、アルドは腰をビクつかせた。

苦しげな姿にナギがニヤつき、逸物をしごきだす。

「ふふふっ……これを手や口でいじりまわせば、あまりの快楽におぬしはヒィヒィ言って許しを請うと、あの勇者が言っておったぞ」

「……ほう、あいつが」

「なんでも毎日のように無様を晒しておるそうではないか。ぼくのきたないち×ぽをいじめてくださってありがとうございますと、いじめられたことに感謝の言葉を吐くほどの奴隷根性、見ているだけで哀れみが湧いてくる——が、自分がいないとダメな男だから、仕方ないので相手してやってると」

「……勇者が言ってたか」

「言っておったのじゃ、胸の詰め物をばるんばるん揺らして」

無事に帰れたら泡噴くまでハメ倒してやろうと思った。

「というわけで、わらわも虐めてやる……聖剣を抜くため、そしてわらわを捨てた罰じゃ。一石二鳥じゃな……覚悟しろ、パ、虐竜士の息子よ！」

ナギは肉茎をぎゅっと握りしめた。もっとも、痛みを与えるためであろうが、硬化した隆起には心地よい刺激にすぎない。

甘美なよがり声をあげる寸前、アルドは歯を食いしばって堪えた。

「や、やめるんだっ、女の子はこんなことしちゃいけないんだぞ無敵ゴッ」

「今すぐ切り落としてやろうかのう」

「ナギ、落ち着いて考えなおしてよ。これはおまえの考えてるような行為とちがっ、ちっ、おぉおぅ……くふっ」

「ほーれ、苦しいかえ、悔しいかえ？」

ナギの指は華奢である。リュシーほどスラリと長いわけではなく、キルシェのように短めの幼い造形でもなく、あくまでか細い少女の造形——それが醜悪な肉棒に絡みつき、溢れ出す先走りを潤滑液にする。

じわぁと愉悦が染みこんで海綿体がぷっくり膨らんだ。

気持ちいい——このままなすがままになりたい。

（でも……いいのかなぁ）

復讐を受けるつもりだったのに、こんなに気持ちよくなって申し訳ない。無知なお子さまに行為の意味を教えたうえで、やめさせるべきだろうか。

思い悩んでいると、

「んっ……ふぅ」

かすかに熱っぽい吐息とともに、たゆんっと柔乳が揺れた。

あどけない顔が耽溺し始め、メスの空気が漂いだしている。

ヴァジュリウムの放つ快感電流の影響だろう――アルドは生唾を飲んだ。

「あのさ、ナギ……このあいだ、俺が出した果物を食べたあと、暴れ狂ったって言ってたけど……そのとき、どんな気分だった？」

「やはりおぬし、毒でも盛りおったな……残念ながらドラゴンに生半可な毒は通用せぬ。ちょっと体が熱くなって、股がウズウズして、たまらなくなって竜変して暴れてしまっただけで、命にはなんの別状もない。今も無性にウズウズするが……ふふん、耐えられぬほどではない。全然平気じゃ、んっ、ぁあ、平気じゃぁ……」

だんだんペニスを擦る手が熱を帯びてくる。

スリムな尻腿はくいっくいっと物欲しげに揺れ動いていた。

ナギは目を瞠るような美少女である。ツンとした目つきがふたつ括りの金髪にぴったりで、生意気な態度も様になる。

そんな彼女が意味もわからずに手淫奉仕。

——たまんないな！

アルドの頭はヴァジュリウムのもたらす強欲な電流に突き動かされた。

「ぁああ、もうやめてくれぇ……とてもつらいんだぁ……！」

意識して情けない声をあげる。

「ほう！　やはり効いておるな……じゃが許さぬ！　これでどうじゃ！　そらそらっ、ごめんなさいと言ってみよ、ごめんなさいじゃ、ごめんなさい！」

「うあぁああッ、ごめんなさぃぃ……！」

「ダメじゃ、許さんのじゃ！　わらわの怒りを思い知るがいい！　うりゃうりゃうりゃ、そりゃそりゃそりゃ！」

ナギの手が躍動する。単調だが激しい摩擦に逸物が蒸しあがっていく。攻撃のつもりで奉仕している少女が、なんともいじらしくて、いとおしい。

あまりに体を動かすもので、胸が弾むばかりかふたつ括りの髪が跳ねまわり、その先端が亀頭を撫でた。

「あッ……！」

不意打ちの掻痒感にアルドはのけ反る。

「ほう、髪が苦手のようじゃな……わらわ自慢の金髪がそんなに効くか？」

「き、効いた……！　新鮮な快か……苦しみだったぁ……！」

「ならばもっと苦しめてやろう……そーりゃそりゃあ」

ナギは金髪を手ですくい、毛先でチクチクと亀頭をいじめだした。鋭角的な刺激が束になって敏感部をさいなむ。先走りが髪にへばりついても、彼女が気に留めることはない。アルドの歯噛みした顔を愉しそうに見つめ、吐息を熱くしていく。あまりにも顔を近づけてくるものだから、湿った息がアルドの喉を撫でる。

「あぁ……！」

男特有の低い喘ぎに、ナギは小さく喉を鳴らした。

あきらかに彼女のなかの雌がうずいている。

「おもしろい反応じゃな……これならどうじゃ？」

さらにきらびやかな金髪がアルドの逸物に巻きつき、きゅっと引っ張られた。細かに刻みつけるような、痛みまじりの圧迫感が海綿体を切迫させる。

「ほーれギュッギュッ、ギュッギュッ……苦しかろう？　つらかろう？」

「あぁぁあッ、も、もうダメかも……！」

「ふふん、甘い甘い、甘いのじゃ！　おぬしに捨てられたわらわの胸は、もっともっと締めつけられて本当に苦しかったのじゃぞ……！」

怨みのこもった視線——というか、拗ねた子どもの視線か。

乱暴に髪を絡め、亀頭を手の平で撫でまわすのも、構ってほしくて悪戯をするお子さまのように思えた。申し訳なくて、それでもなお気持ちよくて、肉棒が爆発寸前まで膨張していく。

「くうぅう……ごめん、ごめん、ナギ……！」

これからまた酷いことしちゃうけど、ごめん。

謝罪と興奮をこめて、彼女の頭を撫でた。出会ったときは角を摸した髪飾りだと思ったものは、手触りからして本物の角だろうか——ドラゴンであるという証。

そこに触れるや、ナギはひくんとお尻を震わせ、そっぽを向く。

「むぅ……今さら許すはずなかろう。そんなところを撫でても、わらわは……」

「あ、あッ、ダメだ来る……！　登ってきたぁあ……！」

「な、なんじゃなんじゃ、なにが来るんじゃ突然！」

「くううううぅう……！」

アルドは絶頂の瞬間、彼女の頭を股間に引き寄せていた。

ずりっとなめらかな頬で亀頭が擦れた直後、全神経が震撼して快楽の煮凝り汁が真上に噴き出した。途切れることなく一直線に、高々と山の空気を貫いて飛んだかと思えば、パタパタッとナギの頭と背中に降り注ぐ。

「ん、なんじゃ、雨か……？　じゃが雲の気配は……ひひゃッ」

見あげた彼女の顔をも、降下した肉汁は撃ちすえる。

「ね、粘つくのが……ひっ、あっ、そ、そこか！　そこから出て……んんッ！」

「正解だ、ナギ！　大人への第一歩を踏み出したな！」

アルドは至近距離からも好きほうだいに彼女を狙い撃ちした。日の光を糸にしたような美しい髪も、力の象徴たる黒い角も、白く濁った汚汁で汚しつくす——腰は喜悦に甘く震えて、射出と付着のたびに血が騒いだ。

精液で汚していると、女を我がものにしているという実感がある。

ぎゅっと目を閉じ、汚辱に耐えるナギの姿は、罪悪感という珍味を味わわせてくれる。見た目はキルシェより上であっても、内面は比べものにならないほど幼いのだから、なおのこと後ろめたい。

「ううう、なんじゃ、なんなのじゃぁ……聖剣のエキスとやらは、こんなに臭くてネバネバで糸を引く物体なのかぁ……！」

「あぁー、苦しいぃー！　このまま尿道の奥から啜り取られようものなら、もう俺はナギに逆らえなくなってしまうかもしれない！」

アルドの大げさすぎる演技に、ナギはぱちりと目を開いた。前髪から垂れ落ちて糸を引く粘液に「うわ」と驚くが、気を取りなおして高笑いをする。

「ぬはっ、ははは、そうかそうか！　自分の弱点を口に出すとは愚かなやつめ！　食らえ、わらわのすさまじい吸引を！」

ちゅ、と亀頭の先に吸いついてきた。

まだ射出途中だというのに、勢いで吸いあげる。

噴射圧を増した精液が口内をあっという間に満たしていく。

「んー！　んんんんー！」

さすがに予想外だったのか、ナギは目を剝いて口を離そうとするが、

「ナギ、あぁぁ、ナギぃ……ごめんな、このエキスがごめんなさいの気持ちだから、ぜんぶ余すところなく飲んでくれると嬉し……悔しくてたまらない！」

「んー……！」

眉間に皺を寄せ、
ごくんっ。

飲んだ。

絶え間ない射出をすべて受けとめ、喉で絡めとっていく。

さきほどまでの射精で髪も角も、背中までベトベトなのに。垂れ落ちた液で顔まで汚され始めているというのに。

追い打ちのように、口内射精——あどけない顔の可哀想な魔女に。

「ああ、なんて可哀想な子なんだ、ナギ……！　ごめんね、うっ、ごめんねっ、うっ、うっ、まだ出る、出るぅ……！」

「んんんっ……飲みひれにゃひぃい……！」

次の瞬間、ナギは亀頭から口を離した。ごぽぅっと口から粘り汁が溢れ出し、ペニスに降りかかる。折しも射精が衰え始めたところ。ちょうどいい区切りだ。

アルドは彼女の角を撫でた。

精液を塗り伸ばす形になるが、ナギはピクピクンッと腰を震わせている。

「よく頑張ったね……いい子だ、ナギ」

「……パ、ぁ」

ナギは涙をたたえた目でアルドを見あげようとするが——ハッと目を見開き、言いかけた言葉を呑みこむ。

「な、なんという生臭い汁じゃ……！　呪わしきヴァジュリウムのエキスというだけのことはある。じゃがこれで聖剣をへし折る瞬間が近づいたのじゃ」

「本気で……ヴァジュリウムを引き抜くつもりなのか？」

こんなことしても抜けないのに、とは言わない。

「当たり前じゃ、これぐらいで許すと思うでないぞ……！」

「まだやっちゃうんスよね？」

「まだまだじゃ……あの勇者から聞き出したテクはこんなものではないぞ？」

得意げに目を細め、液まみれの髪を揺らす彼女を見ていると、茶々を入れるのが惜しくもなる。せっかくだから、どこまでいけるのか試したい。

生唾を飲んで、彼女の行動を待つ。


ぽろりと胸がまろび出た。


上衣をはだけさせ、剝き出す肌の艶と丸みは、アルドの目を釘付けにした。

「おぬしは雌の乳房に目がないと言うではないか……お、お、目の色が変わった！ガン見というやつじゃな！　ふふふん、チョロいやつめ！」

ナギは自信たっぷりに胸を張る。

ツンと上向き加減の乳首が残像を振りまく。

見事な弾力――細身の胴体から不自然なほど突き出しながら、形状を保てるギリギリの質量。リュシーとはひと味違う、瑞々しさの感じられる巨乳だった。

「……ど、どうしたのじゃ？　獣のように息を荒げおって」

なにより乳首が。

ちょこんと小さく尖っただけの先端部が。

潑剌と育った脂肪部にくらべて、乳輪ともども控えめな乳頭が。

なにカマトトぶってやがんだこのスケベ突起め、と頭が熱くなる。

「えいっ」

つまんでやった。

「んきゃひゃふッ」

ナギが面白い声をあげているが、かまわずクリクリとねじまわす。

「んっ、ぁあああッ、な、なんじゃ、なんじゃこれはぁ……！」

「あぁああーッ、なんというオッパイの魔力だ、逆らえないぃ……！」

「はふっ、んんんッ、なるほど……！　これが雌の乳房に目がないということか……！　子犬のようにじゃれついてくると勇者が言っておったが……あぁあーッ」

適当な出任せを信じてくれた。いい子だ。

せっかく犬呼ばわりされたので、犬らしく振る舞ってみよう。

舐めてみた。

乳房を揉みしだきながら、乳首をれろれろと。

もちろん唾液はたっぷりまぶす。

「やっ、あッ、な、なんじゃ……！　ピリピリッて、あっ、電流がッ、痺れっ、あっ、ぁあーッ、声がっ、あーっ、あーッ、んんんッ……！」

ナギは喘ぎ声を押し殺そうと下唇を噛んだ。それでも快感そのものを抑制はできず、全身を痙攣させてなすがままになる。

アルドの頭を押し返そうとする手は弱々しく、対照的に乳首は刺激のたびに硬くなっていく。豊かな乳肉にぴったりの、下品で淫らな肉づきに変わっていく。舌触りもよくなって、しゃぶり甲斐のあるサイズになった。

「よしよし、大きくなったね……いい子だ、右乳首。次は左乳首もだ」

今度はすこし厳しめに育成しようと、しゃぶるなり歯を立てた。

「ひぃいいッ……！」

頭皮にナギの爪が立てられる。すこし痛いけれど、彼女が悦んでいる証だと思えば余計に興奮するぐらいだ。

浅く立てた歯をすこし揺さぶり、かすかな苦痛を強いてから、解放。

痛みに熱くなった乳首をいたわるように、優しく舐めたくる。

「あぇぇ……ぁ、パぁ……んっ、あぁ……」

声が恍惚ととろけだす。緩急をつけた責めは重要だ。

もちろん右乳首も放置せず、指でシコシコとこすりたててやる。

「んんぅうぅ……！」

いつしかナギは仰向けに倒れていた。

アルドはのしかかる体勢で、付け根から乳房をつかみあげる。

「ほんっとーによく育ったなぁ、ナギ」

両乳を中央に寄せて、充血した先っちょで鍔迫り合いをさせてみた。

「あっ、だめっ、それは駄目じゃ……！」

「さすがにオッパイが大きいと動きもプルプルと元気いいなぁ。あのころはこんなエッチなオッパイになるなんて思いもしなかったよ？」

そもそも雄だと思っていたことは伏せておく。

ナギは、じわり、と目に涙を溜めた。

「な、なにを今さら……わらわを捨てたくせに」

ぷいと顔をそむける様が幼子のように愛らしい。

「うん、ごめんな、ナギ。その分、たっぷり可愛がってあげるから」

アルドは乳首の鍔迫り合いを丸ごとしゃぶりこんだ。ほのかにしょっぱいのは汗の味だろうか。すでに柔乳は汗で蒸れきっていた。

ナギは指を噛んで声を堪えている。怖々と自分の胸を見下ろす仕種が、実に初々しくて色っぽい。本当に、よくぞここまで育ってくれたものだ。

一度の射精では萎えるはずのない逸物が、さらに激しく張りつめて——

ぷにり、と彼女の股ぐらを押しやった。

「んんぅ……！」

ナギの体が強張り、痙攣が大きくなる。

軽くイッたらしい。

彼女は感悦のあまりに気づかなかったらしい。アルドの腰が脚の間に収まっていることに。スカートの下、ショーツとタイツ越しに亀頭が秘裂に食いこんで、絶頂とともに初めて理解したことだろう。

「変じゃぁ……わらわの体、あっ、熱いッ、苦しいぃ……！」

「怖がらなくても大丈夫だよ。女の子はだれだって、気持ちよくなると熱くて胸がドキドキしてくるんだ。落ち着いて、その感覚を受けとめて……」

「う、うん……」

ナギは深呼吸をした。

深く吸って、長く吐く。

そしてまた吸って——その瞬間、アルドは両乳首を前歯で噛んだ。

「ぁあああッ」

堪える間もなく喘ぎ声がほとばしる。

甘くて愛らしい、まだ年若い少女の高い声が耳に心地よい。

さらに声を引き出そうと、腰を遣ってタイツ越しに女陰を突いた。

「あっ、あッ、アッ、ああーッ」

もう声を抑える余裕もあるまい。スリムな手足がガクガク震えて、乳首もヒクヒクとわなないている。顔の赤らみや肌の湿り、そしてタイツに広がる愛液の染みまで、どこまでも愉悦の反応しか見あたらない。

媚薬効果の精液は相変わらず効果覿面《てきめん》のようだ。

「そろそろお股がウズウズしてきたんじゃないかな?」

亀頭を黒タイツに埋めこみ、左右に揺すりながら問いかける。タイツの生地はなめらかで心地よく、漏れ出す快感電流が狙いどおりナギをよがらせた。

「ウズウズというか、んッ、あぁあッ! なんかジンジンして……ふぁあッ、一体なにごとじゃ、これはぁ……!」

「怖がらなくてもいいよ。それは気持ちいいってことなんだから」

「気持ち……んっ、いい……?」

「リュシーから聞いてないかな? 聖剣を抜くのに一番効果的で気持ちいいのは、このオマ×コだって」

「そ、それは確かに、言ってた気が……あぅッ、でもぉ……!」

ナギは顔のすこし下に握り拳を作り、恥ずかしそうに目を逸らす。

「そんな大きいの、入るわけないのじゃ……」

うぶな少女の反応は一撃でアルドの心を貫いた。

入れちゃおう。

なにがなんでも挿入しちゃおう。

触発された獣欲のまま、アルドはタイツとショーツをまとめてずらし始めた。

「あっ、ぁああ……脱がせるなど、いやらしい……！」

「聖剣、抜きたいんでしょ？　一生懸命のナギにはご褒美あげたいからね。一緒に気持ちよーくなって、めちゃくちゃ抜きまくる大チャンスだ！」

勢いよくタイツとショーツを膝上までずらす。

露わになるのは、小ぶりだが形のよい尻と、スマートな太もも。

それらの中間地帯で、無毛の裂け目は慎ましく閉じている。と言っても、タイツが両腿を引き寄せているため、大陰唇が左右から押しつぶされているだけのこと。指で軽くほじくれば、控えめな粘膜ビラがしとどに濡れて蜜をこぼす。

「ぁあッ、なんッ、なんじゃっ、あぁぁ、こんな感覚初めてじゃ……！」

「お、感じてる？　気持ちいい？」

「わからんのじゃ……でも、あひッ、熱くなって、頭ぽわぽわにぃ……！」

「よしよし、ならもっとぽわぽわさせてあげよう」

せっかくなので、理性が働かなくなるまで下準備をしておこう。

（キルシェたちで培った指遣い、初めての女の子にどれぐらい通用するかな）

まずは左手の人差し指で入り口の外襞をクチュクチュとこする。愛液が溢れているので引っかかることはない。浅い快感にナギが小刻みなうめきを発し、すこしずつ愉悦に馴染んでいったところで、
ちょんっ。

秘裂上部の肉鞘を右手の人差し指で優しく叩く。

「ひぃ……ぁあぁッ！」

ナギの背が反り、柔乳が押しあげられた。

アルドは手を止めることなく、何度もおなじ場所を叩き、ナギが新感覚に翻弄される様を観察。単調な快感には慣れてくるもので、歯噛みをして耐えようとする——ところを狙いすまして、
ちゅくっ。

肉鞘を押しあげて、麦粒のような陰核を暴きたてる。

防護膜を失った紅色の真珠。女体においてもっとも強力な性感スイッチ。

親指の腹で擦りまわせば、面白いようにナギを操作できた。

「くひぃぃッ！　そ、それは駄目じゃ……！　ビリビリしてっ、アッ、声が、あぁぁッ、ひぃんっ、ぁあああぁああッ」

今までよりも高い声が鼻を抜けている。

小鼻をヒクつかせ、目をぎゅっと閉じ——襲い来る性感の波に耐えようとするも、抵抗むなしくオルガスムスに総身を震わせる。

「んんんんんんんんんんーッ」

「おー、やっぱり女の子はイッてるときが一番可愛いな」

ドラゴン少女がゆったりと絶頂を味わえるよう、アルドは女陰から手をどけておいた。その間、手についた秘蜜を男根にすりつける。先走りも塗り広げる。

潤滑液は申し分なし。

ナギが放心して弛緩するのを待ち、蠢動する柔穴に竿先を押しつけた。

「あっ……あぁ、本当に、入れてしまうのじゃな……」

「今のとおなじぐらいビリビリするの、お腹の奥で感じさせてあげるよ」

彼女の喉がツバを通して蠢くのを、アルドはしっかり見て取った。

観念どころか期待もしている。なら遠慮の必要はない。

タイツに束縛された脚をぐっと持ちあげ、秘処を真上に向かせる。

アルドは彼女にのしかかるようにして、真上から男根を降ろしていく。

「あっ、あぁあ……！」

声が甘く、高い。熱した雄塊で媚唇をかき分けられ、粘膜同士の接触にナギは早くも酩酊の目つきをしていた。

が、その直後。

固く閉じた膣口をこじ開けられる段になるや、苦痛に歯噛みをする。

「いったッ……くひッ、は、入らぬっ、痛いぃ、入らぬぅ……！　おのれぇ、勇者とふたりでわらわをたばかったか！」

「最初はだれだって痛いんだよ？　でも慣れたら天国だ、ファイト！」

「んんんぅうッ、無理ぃい……！」

「まあそう言わずに。何事も経験だぞ、ナギ」

やはりタイツが邪魔だ。脚が開ききらないので、ただでさえ狭い穴が左右からの圧迫で常に閉じようとしている。

かと言って、今さらタイツを脱がす時間も惜しい。

ならば強攻策。股に体重をかけた。

ミチ、ミチ、と強引に秘裂が割れていく。薄膜が純潔を守ろうと立ちふさがるが、無駄な抵抗というものだ。圧迫すればいつでも破れるだろう。

「あぐうぅう……ひやぁあっ……！」

苦痛の声も新鮮かもしれない。

リュシーのときは味わう余裕もなかったが、これこそが処女を喰らう悦びなのだろう。自然な成長でなく、男の欲望によって少女という殻を強引に破る――浅ましい快感が「さあ、やれ」と背中を押す。

「よーし、そろそろいただいちゃうよ」

つま先でしっかり地面を捉え、両手では彼女の手首をつかむ。これで上下の支えは万全。腰を自由に動かせる。

対して、彼女の両膝は乳房を押しつぶす位置。身動きは取れないだろう。両手も鷲づかみにされて、怯えたような顔でアルドを見あげてくるが――

「ぁ……パ……」

「おりゃっ」

容赦なく、アルドは腰を躍動させた。

ぷちり、と肉膜が破れる。

「ひぃッ……あぎぃいい……！」

破瓜の衝撃にナギは目を剝いた。

滴り落ちる血の雫が彼女の尻を伝って藁に落ちる。

痛みに震えるばかりの彼女を尻目に、アルドは凝り固まった未使用の肉穴をじっくり味わっていた。さすがに狭いが、体重をかければ着実に貫くことができる。

まるで嚙みつかれているみたいだ。

ナギにぴったりの生意気な食感に、征服欲が満たされていく。

「くうぅー、これがナギのなかかぁ……！　あんまり濡れてないけど、あったかくてコリコリで、キルシェたちとも違っていい感じだなぁ……！」

根元までねじこむと、目を閉じてペニスに意識を集中する。

ぎゅう、ぎゅう、と締めつけてくる処女肉。その表面に張りめぐらされた粒襞構造が、触感を多彩にしている。痛みを和らげようと愛液も絡んでくるので、刻々と挿入感がマイルドになりつつあった。

その変化のなかで、じわりじわりと海綿体が痺れだす。

（おお、もう出そうになってる……興奮しすぎたかな）

せっかくだから、もっともっとナギの膣を愉しんでから射精したい。だからガマンを決意したとき——

啜り泣きが聞こえた。

えぐ、えぐ、とナギはしゃくりあげ、可憐な顔を涙で濡らしている。

「パ、パぁ……」

その一声に、アルドは冷水を浴びせかけられた。

「ううう、ひどいのじゃ……パパぁ」

父に呼びかけている——それも今は亡き紫黒竜でなく、目の前の男に。

ようやくアルドは、自分と彼女で目線に違いがあることを知った。

アルドにとってナギは、かつて育てたペットが可愛い女の子になってふたたび目の前に現れた、というような存在である。

かたやナギにとってのアルドは、産まれたばかりのときに父と刷りこまれた、紛れもない庇護者であったはずだ。

「パパはやっぱり、わらわのことが嫌いなのじゃ……じゃから、わらわを捨てて、今もわらわを虐めておるのじゃ……！」

親に慰めてもらいたくてダダをこねるような、いじらしい嘆き。今までの攻撃的な態度も、親に捨てられたことに対する癇癪のようなものだろう。

本当にアルドが憎いのでなく、むしろ逆。

彼女は甘えていたのだ。

遠回しに、憂さ晴らしも交えて——優しいパパならきっと受け入れてくれると、心のどこかで期待して。自分を捨てたのも、なにかの間違いだと信じて。

「ナギ……」

アルドは彼女の手を離し、涙を手でぬぐってやった。

「俺はナギのこと、嫌いなんかじゃないよ。深呼吸して、よく感じてみて」

「ふえ……？」

「ほら、お腹の下……すぐに痛みをなくしてあげるから」

彼女の意識が膣に向かった瞬間、キュッと締めつけが増す。

その刺激を受けて、アルドは一切の忍耐を放棄した。

びゅびゅうぅーっと勢いよく噴き出す熱液に、ナギはまず目を剝いた。

「ひっ、ぁアッ……！」

「こわくないこわくない……パパを信じて」

パパという呼び方はなんだかこそばゆいけれど、今はナギをなだめるのが先決だ。

射出の快感に溺れないよう、意識を凝らして彼女に語りかける。

「粘膜同士で接触してるから、俺の気持ちよさがナギにも伝わってるはずだ。それに俺の精液には媚薬効果があるから、痛いのも気持ちよくなっていくよ」

「痛いのが……気持ちよく？」

ナギは呆けた顔をしていたかと思うと、つま先で宙を蹴った。

「あっ……」

連鎖して、ペニスに食いこんだ膣壁がぐねりと蠕動する。その刺激に海綿体が熱くなり、射精の勢いが増すと、ナギの四肢が小刻みに跳ね動く。

「あっ……あッ、あんッ、あぁッ……えぇッ、なんじゃ、これはぁ……！」

「ほーら、パパの言ったとおり。気持ちいいでしょ？」

「わ、わからんのじゃ……さっきまでとも全然っ、あぁああッ、全然違うぅ！　こ、こんなの、生まれて初めてじゃ……あはあぁあッ」

ナギはふたたび身を固くして――しかしそれは痛みに耐えるためでなく、極まった法悦を受けとめるため。口はだらしなく開き、ヨダレも垂れほうだい。

一度こうなってしまえば、もう苦痛に囚われることもあるまい。

アルドは安堵して自身の快楽に浸った。

自分をパパと慕う少女を押しつぶし、あどけない胎内に劣情の澱を注ぎこむ。やがては膣内で受けとめられる容量を越え、ブパッと四方に溢れ出した。それを三回ほどくり返して、ようやく人並み外れた放出行為が終了する。

「おーし、たっぷり出したぁ……どうかな、ナギ。そろそろ落ち着いた？」

「あぁ……ぁへぇ……」

少女は碧眼を愉悦に濁らせ、忘我の境地でたゆたっている。めちゃくちゃにえぐりまわしたくなる顔だが、アルドはなんとか抑えた。

ゆっくりと焦点が定まり、浮かぶのは幼く呆けた笑みである。

「パパぁ……パパがなかにいるの、わかるのじゃ……わらわのなかにパパが、んっく、大きいパパが、ビクビクしてるのじゃ……！　パパぁ、パパぁ……！」

アルドは胸がキュンとくるのを感じた。

実の父ではないし、年齢的にも彼女ぐらいの大きさの娘がいるはずもない。それでも、ここまでパパ、パパと連呼されれば、言い知れぬ感動が湧き出す。

父性本能というやつかもしれない。

「よしよし、いい子だね……もう寂しがらなくていいよ、ナギ。パパはこんなに近くにいるんだから」

「でも……どうせまた、すぐいなくなるのじゃろう……？」

ナギはまだ不安をぬぐい去れないらしい。

泣き出しそうな顔に、アルドはとびきりの笑顔を返してやった。

「悪い虐竜士はもういないんだ。堂々と一緒にいられるさ」

「ほ、本当か……？　わらわと一緒にいてくれるのか？」

「もちろん！　ずっと一緒に、こうやって……セックスするんだ！」

アルドは腰を遣って、ほぐれだした初穴をかきまわした。

たやすく悶える少女の姿に、父性本能も雄の本能に押しのけられていく。

この調子で快楽を分かち合えば、彼女はきっと可愛くてエロい娘に変わってくれるはずだ。高慢ちきな乱暴者ならともあれ、素直ないい子であれば一緒にいることになんの不都合もない。むしろいてほしい。たくさんセックスもしたい。

「ぁあああーッ、パパっ、パパぁ……！」

突くたびに胸乳がぷるんぷるんと暴れるのもよい。
膣肉もただキツイだけでなく、締めつけに粘りが出てきている。
これなら、一晩やりつづけるころには、よい頃合いになっているだろう。
――と。
得意げにナギの体を貪っている最中、ふと気づいた。
岩場の陰からこちらを窺う、妖しい人影に――

＊

実の両親と同胞を殺し尽くした、仇敵の息子。
生まれたばかりの自分を見捨てた、恨めしいパパ。
それらが同一人物であるなら、憎むのが当然の筋だろう。
だけど――
胸に抱いてきたわだかまりが、ひと突きごとに溶けていく。
上から突き降ろされて、身も心も喜悦に染まっていく。
「ひぃんっ、パパぁ……！　アソコが熱いのじゃ……あぁあッ」
信じられない淫らな声をあげ、下腹を出入りする硬物に意識を注いだ。

ひどくエラが張って、反りが強くて、一往復するあいだにも膣内のいろんな部分に食いこんでくる。肉口が裂ける寸前の太さや、膣奥をグイグイ押しやる長さについては、当たり前と言えば当たり前だろう。

（わらわのパパじゃから……大きいのは当然じゃ）

なんだか誇らしい気持ちで、彼の巨大な部分にえぐられる悦びを受け入れる。

「あッ、大きいッ、大きいのじゃっ、パパっ、パパぁ……！」

「ああ、パパは大きいぞぉ……！　ほら、よーく見てみろ」

ナギの太ももが乳肉にぎゅむっと押しつけられた。顔の前で膝から下を左右に広げれば、結合部の状況がありありと見てとれる。

想像以上に強烈な光景であった。

それはまるで、鍵穴に丸太をねじこむような。

めいっぱい開いた健気な秘唇に、血管を醜く浮かべた剛直が──おそらくはナギに見せつけるために、ゆっくりと、ねじこまれていく。ずぬぬぅ、と手品じみて根元までねじこまれると、圧迫された子宮口がキュンキュンとうずいた。

「ぁああ……あ、あんなすごいのが、全部入ったのじゃぁ……」

「偉いなぁ、ナギは。こんなにぶっといチ×ポをぜーんぶ頬ばって」

頭を撫でられた。パパに褒められた。胸までキュンキュンする。

あまりにキュンキュンしすぎて頭のなかがお花畑になってしまう。

パパに甘えたくなって仕方なくなるけれど——胸の奥、わだかまりの残滓が、最後の抵抗活動を試みた。

「ふ、ふん……当たり前じゃ。わらわは誇り高き紫黒竜最後の生き残り。矮小な人間の肉体のごく一部分など……」

「そーら、ご褒美にグーリグリしてあげよう」

アルドは腰を降ろしきったまま、横方向に股間をねじりだした。

肉の筆で膣奥に円を描くように、そしてその図形をナギの心にまで刻みこむように、ゆっくりじっくりと。ねぽり、ねぽりと爆ぜる音は、男根にすがりついた膣襞が強引に剝がされて気泡の抜ける音。

「あへぇえええええ……グ、グリグリ、らめへぇえええぇっ」

ペニスがいとおしくて——遠吠えするように、声が間延びしていく。

快楽に表情筋まで弛緩して、鼻の下が間延びし、唇が左右に開く。「え」の発音をするときの口を、とびきり間抜けにしたような形。

（いやじゃ……！　こんな阿呆のような顔、パパに見せたくないぃ……！）

顔を逸らしたいのに、彼の熱っぽい視線に絡めとられて逃げられない。

「可愛いなぁ、その顔。完全にチ×ポ好きのエロガキって感じで」

「ひやあぁ、意地悪、いやじゃぁあぁっ」

「意地悪じゃなくて褒めてるんだよ。ナギのエロ顔は最高だから、もっと見せてよ。ほーらほらほら、カワイイカワイイぐーりぐりぐり、カワイイカワイイぐーりぐりぐり、ぐりぐりぐりッ……とぉ、どうかな?」

そんな風にされると、駄目になってしまう。

褒めながら拡張運動を強いられると、股も顔もトロトロになっていく。

「んえええええッ、開くのじゃぁああぁあッ……アソコ、開くぅうううっ」

「アソコじゃなくて、可愛らしくオマ×コって言いなさい」

「お、ま×こぉ……」

「そう、可愛い! 可愛いからご褒美のグリグリ～からの……そーりゃー」

今度は引き抜き。またゆっくりと見せつける。

さっきまで収まっていたものがどれほど太かったのか。

どれほど長いものをしゃぶりこんでいたのか。

極めつけは、ぽぷぽぷっと下品な音で掻き出される、精液と愛液の混合汁。そこに襞肉がめくられる快感が混じるのだから、もう気が狂ってしまいそうだ。

「パパぁ、パパぁ……怖いのじゃあ、パパぁ……!」

たまらず彼の顔に手を伸ばした。

でも触れる寸前に握り止められてしまう。

アルドは汗の浮かんだ顔に嬉しそうな笑みを浮かべていた。

「怖いっていうか、嬉しそうに笑ってるよね」

「だから、怖いのじゃ……！」

ナギの口はだらしない「え」の形から、頰の緩みに合わせてほのかに端が吊りあがっていた。たぶん、いや間違いなく、とてつもなく呆けた笑顔になっている。自分でもわかるぐらい酷い顔なのに――

「ナギ、笑いたいときは笑ってもいいんだよ？」

笑みをたたえて、アルドはまた肉茎を一本まるまる突き刺してくる。

そして、ぐーりぐーりと粘りつくような横回転。

「はえぇええっ……あはっ、あぁあ、気持ちいいのじゃぁあぁぁっ……」

もう無理。がまんできない。だらしのない表情でヨダレまで垂らしてしまう。

そんな自分を可愛いと言ってくれる人がいる。

わだかまりなど、もう塵ほども残っていない。

さりげなく両手を彼の首に導かれると、無意識に抱きついてしまう。自身の膝と乳房が邪魔で距離は縮まらないけれど、彼の腕で腋をつかまれたら、互いに引き寄せ合うことで強い圧迫感が生じる。身も心も包みこまれているような、心地よい錯覚を感じる。

（パパぁ……パパがこんなに近くに……わらわは幸せ者じゃ）

ずっと離ればなれだった庇護者のぬくもりは、ただただ優しくて心地よい。

長年のあいだに染みついていた寂しさは、もうどこにも残っていない。

ナギは肉体の絶頂に先んじて心が至福に達していた。

「姿勢変えるぞ……よっと」

「やんッ」

アルドは後方に体を起こし、あぐらをかいてナギを抱えあげた。

ナギ自身の体重によって挿入が深まり、ずぐんっと膣奥に亀頭が食いこむ。精液を浴びてぬらりと輝く髪が、悦楽の震えになびいて躍った。

「あっ、はぁあぁあぁあ……！」

「チ×ポ深くなって気持ちいいでしょ？」

「き、もち、ひぃいぃいぃいいい……！」

「チ×ポ好きになった？」

「す、好きじゃあぁ……パパのチ×ポ、大好きぃ……！」

「じゃあ今度は自分でお尻動かしてみようか」

両足が上がっているので難しいけれど、彼の望みとあらば仕方ない。

首にまわした手を支えに、腰を不器用によじりだす。彼の流れるような腰遣いとは比べるのも烏滸《おこ》がましい——けれど、けっして結果は悪くない。「おぉおー」と感嘆の声が漏れているし、肉竿からピリピリと快感電流が放たれている。

「ど、どうじゃ、パパ……んうッ、さすがわらわじゃろう……！」

「ああ、不慣れだからかえって、予想外の角度から刺激する感じで……うっくぅ、さっすがナギだね。世界一のチ×ポ好きドラゴン間違いなし……！」

「ふ、ふふん、当然じゃ……ぁあ、パパのチ×ポを世界一愛するドラゴンは、わらわのほかにいるはずが、あんっ、ないであろぉ……んんッ」

褒められたら悪い気はしないので、ついつい深く考えず誇ってしまう。

「じゃあ部下の髑髏兵にも、もっとチ×ポ好きなところ見せてあげようか」

「ふえ……？」

その言葉の意味を知る前に、ペニスを軸にぐりんと半回転させられた。

彼の姿は見えなくなってしまったが、背を彼に預ける体勢で。

まっすぐ見据える先に、岩場がある。

その陰に、無機質な髑髏兵たちが控えている。

「ひっ、いや……！」

ナギはとっさに顔を隠そうとしたが、両手をがちりと捉えられた。

「見せてあげようよ、ご主人さまがパパのチ×ポでアヘアへになるところ」

「そ、そんなぁ……あっ、やっ、動くのはずるいのじゃぁ……！」

髑髏兵は意思なき骨人形とはいえ、形状は二足歩行の人間に近い。空洞の眼窩には魔法付与した宝石をはめこんでいるので、眼光のようにきらめきを放つ。

見られているような気がする。

ずっと気高く振る舞ってきた自分が、依存しきって甘々にたるんだ姿を。

「あぁああ……こ、こんな、こんなことまでさせるとは……！」

「よーく見てろよ、骸骨ども」

アルドはナギの手ごと彼女の膝裏を抱えこんだ。両腿は閉ざしたまま——それでも付け根付近に隙間ができるほど華奢な肉づきであったが——結合部をことさら誇示する体勢ができあがる。

そうして、下から腰を揺すりだす。

「ナギはこのとおり、俺の大事な大事などスケべえろえろチ×ポしごき娘だぞー」

「あーっ、ひぅう……！　パ、パパぁ、恥ずかしいのじゃ……！」

「恥ずかしがってるナギも可愛いなぁー！　ほーらグリグリだぞー！」

ねっとりと捻転する動き。

ナギに恍惚の笑みを浮かべさせるための責め。

確信的な腰遣いに、ナギは抗うこともできずに「あへぇ」と蕩けた。吊り目気味で気の強そうな造作は見る影もなく崩れきっている。だが、ゆるんだ顔とは対照的に、両手は拠り所を求めて自分の膝をがっちり抱きしめていた。

そこでアルドの手が離れた。

標的となったのは、油断しきっていた双乳。

「オマ×コだけじゃなくて、オッパイも気持ちよくなろうね」

これまたねっとりと皮下脂肪を揉みほぐす手つきだった。腰遣いの粘着質な動きと同期して、胸まで膣になったような感さえある。

「ぁはぁあぁッ……！　パ、パパはオッパイが、好きなのかえ？」

「ナギのオッパイはや－らかいからね。大好きだよ」

耳元に息を吹きこむように言われて、ますますナギは燃えあがった。

大胆に変形する柔肉玉の先端で、乳首は槍の穂先もさながらに尖り立つ。

執拗に攪拌された火照り溝から、白く色づいた蜜液がにじみ出る。

部下たちの眼前で——自分が作り替えられていく。

（いや……そうではない）

たぶん、本来の自分に戻りつつあるのだ。

「パパぁ……」

まだ人の言葉を使えなかったころ、鳴き声で伝えようとしたことがある。

矜持も羞恥もなにもなく、ただただ胸に湧いたままの感情である。

その懐かしくも甘い記憶が、肌の触れ合いと粘膜の絡み合いで浮き彫りになり、口を突いて出ようとしていた。

「わらわは……パパが……」

胸の鼓動がドクドクと速くなる。

血行がよくなったせいで、全身がますます火照る。

膣内もかぁっと熱くなって、後ろのアルドがうめくほどだ。

「ううぅ、ナギ、ナギぃ……！」

「パパ、が……ぁあぁッ、あぁぁあぁあんッ」

男根が激しく脈打ち、ぷっくりと膨れ出す。エラが激しく膣壁に食いこむと、負けじと下腹がきゅううぅうぅッと収縮。

パチパチッと電流が弾け出した。

「ま、まだイッちゃダメだよ……！　どうせなら一緒に……！」

アルドは突如として腰を跳ねあげた。ナギを思いきり持ちあげると、白い尻が落ちてくるより先に腰を落として、間髪入れない突き上げで迎撃。そのくり返しでナギの全身を揺さぶり、絶頂寸前で快感の水位を上昇させていく。

責められるほうにとっては、たまったものではない。

膣内にバチバチと絶頂同然の痺れが暴れまわるのに、イキたくてもイケない。

大切な気持ちが、言葉にならない。

「あひっ、ぁああーッ！　パッ、ぱぱっ、ぱぱっ、だひっ、だいしゅっ、ぁあああー！　んぁあーッ、あーッ、パチパチするのじゃっ、狂うのじゃぁあ……！」

「もうちょっとガマンして……！　もうちょいでめちゃくちゃ気持ちよくなれそうだから、頼むナギ、俺の可愛いナギ！」

やっぱりこの男は自分勝手で横暴な人間だ。

こんなに胎内を弄んでもなお足りず、自分の満足を優先させるのだから。

——でも。

（わらわの体で、パパが気持ちよくなってくれるなら——）

どこか遠くに消えてしまうのとはまるで違う。自分の膣内で横暴に振る舞われるのは、むしろ嬉しいとすら思う。

ぼちゅんぼちゅんと舞い散る粘音が、ナギの歓喜を表していた。

「パパぁ、パパ、ぱぱ、ぱぱ、ぱぱぁ……！」

「ナギっ、行くぞナギ！」

乳首に爪が食いこみ、柔肉が握りしめられた。痛いほどの刺激に女の芯が鳴く。

荒れ狂うように痙攣する膣内で、鋼の父棒がひときわ大きく脈動。さきほど、膣内に放出されたときとおなじ動きだ。

すさまじい電流を期待して、ナギはぎゅっと自分の脚に抱きついた。

「くぁあッ」

アルドが身を固くした直後、射精が始まった。

ドラゴンの息吹《ブレス》もかくやの勢いで噴き出し、子宮口を強引にえぐる。女のもっとも深い部分に雄のたくましさを叩きこみ、子種を植えつけるための横暴な生理現象。それを法悦で受けとめることこそが、雌の生理現象なのだろう。

「ぁぁああッ、パパぁあ……だいすきじゃあぁあぁあああぁあッ」

ナギは雌の悦びの頂点に達した。

子宮を満たす熱っぽい重み。入りきらずに膣内へと満ちていく粘り気。その液を粘膜に擦りこむような男根の脈動。襞の間にチクチクと突き刺さるような刺激。

そして、彼自身の快楽の稲妻が膣内を焼きつくしている。

「はぁああッ、パパのびゅーびゅー出てるのじゃぁ……気持ちいいぃッ、好きぃ、だいしゅきぃ、パパぁあッ……ひぁあぁあああッ」

股関節まで痺れているので、なおのこと自分の脚にすがりつく。

全身がバラバラになりそうな快感の嵐は、射精がつづくかぎり終わらない。今にも気がおかしくなりそうなのに、ナギは恐怖を感じることもなく――

ほへぇ、と淫らにゆるんだ笑みを浮かべていた。

――パパ、大好き。

心の奥底に秘めてきた気持ちが、今は心身を隙なく埋めつくしていた。

性器で繋がり合う悦びが、その感情を呼び覚ましてくれた。

「くうぅ、やっぱり中出しが一番長続きする……！　出しても出しても搾り取られる感じで、すごい名器だなぁ、ナギは……！」

「パパこそぉ、あふんっ、こんなに気持ちよい聖剣など聞いたことがないのじゃ……！　ぁあんっ、聖剣を抜くというのは、すごいことなのじゃな……！」

「聖剣っていうか、こういう風に繋がるのは一般的にセックスって言うんだよ」

「セックスか……わかったのじゃ、覚えたぞ」

ナギは腹に突き刺さるような射精を感じながら、彼にもたれかかった。

できるだけ近くから、彼におねだりの言葉を投げかける。

「もっと……もっともっと、セックスしたいのじゃ。長らくわらわを捨て置いた贖いに……たくさんしてくれるじゃろう、パパ？」

答えは聞くまでもない。

彼は射精を終える間もなくナギを四つん這いにさせ、荒々しく腰を使い始めた。

もうふたりの間に距離はない。体内で溶け合い、繋がり合う悦びに、ナギはくり返し愛情を吐露しつづける。

「ひんんっ、パパ好きぃ！　大好きじゃ、パパぁ！」

こちらを見ている部下のことなど、すでに頭にも残っていなかった。

＊

五回ほど中出しをすると、ナギは別人のように素直になった。

頭を撫でてお願いすればなんでも言うことを聞いてくれる。

「可愛いナギ、パパのチ×ポをしゃぶってくれないかい？」

「むぅ……口で、じゃな。勇者から聞いてはおるが……まったく、仕方ないパパじゃのう。わらわのお口でそんなに気持ちよくなりたいのか？」

「なりたい、めちゃくちゃなりたい」

「ふふん、パパがそこまで言うなら……」

という具合に、初めての口淫をあっさり捧げてくれた。口調にこそ高慢さが残っているが、実質だだ甘である。

舌遣いはまだまだつたないが、一生懸命な態度で補って余りある。オモチャを与えられた子どものような、純真な好奇心すら窺えた。

（パパのことよっぽど好きなんだなぁ）

健気なドラゴン少女がいとおしくて、頭を何度も撫でた。そのたびに舌遣いに熱が入り、感悦すればその快楽が彼女の口腔を火照らせる。

うっとりした目で、実においしそうにしゃぶってくれる。

ああもう！　とアルドは嬉し恥ずかしさに悶えそうだった。こんなにも可愛い少女にパパと慕われるのが、他のだれかでなかったことを、神に感謝する。

思いきり抱きしめてやりたい……という意思をこめて、角をきゅっとつかんだ。

「はぁ……パパぁ……」

角で感じるのか、切なげに見あげてくる。

せっかくの機会なのでエスカレートしてみようと思った。

「可愛いナギ、唇できゅっと締めつけて、思いきり吸ってみてくれ」

「んう、ひかたのないパパじゃのう……ぢゅぞぞぞぞぞッ」

「おぉふッ、効くぅ……！　そのまま歯を立てないように、頭を上下に！」

「こうかえ、パパ……んっぽ、じゅっぽ、ぢゅっぱ」

なにせ一生懸命で純真なので呑みこみも早い。格段に向上していく口淫に、アルドは間もなく限界を迎えた。

「パパのチ×ポミルクをたっぷり飲みほしてくれ！」

ママのミルクを飲む機会はなかっただろうから――ドラゴンが授乳をするのかは知らないけれど、とにかく自分の愛情を彼女に叩きこみたいのだ。

よって、注ぎこんだ。

ナギは音を立てて嚥下し、飲みきれなくても口を膨らませて可能なかぎり体内に溜めこもうとする。それでも耐えきれなくなると、自主的に顔面で受けとめた。

「おぉ……ドラゴン少女のち×ぽミルク和えか」

「んうぅ……んー、んー……ッ」

粘りつくシャワーがよほど心地よいのか、ほのかに唇が緩む。あるかなしかの隙間からとろりと肉汁がこぼれ、顎から喉へと滴り落ちていく。

液濁で汚れ、滴らせ、艶っぽくうめく美少女を前に、アルドはさらに猛った。

「じゃあ次はまた四つん這いになってみようか」

さすがはドラゴンと言うべきか、ナギの体力はすさまじかった。

体位を変えて何度も気をやりながら、リュシーのように失神する様子もない。多少の疲弊はあれど、着々と尻の振り方を覚えていく。

「んっふ、あはっ、どうじゃパパ？　こうすると気持ちよいのじゃろう？」

「おうぅっ、たしかにそれは効くが……パパだって負けてないぞ！」

「あんッ、深いのじゃ……！」

とはいえアルドには性戯に加えて、快感放電と媚薬精液という強みがある。いくら回数をこなそうと両者の差は埋まることなく、最終的な主導権はあくまでアルドのものとなる。それがかえって喜ばしいことのようによがるナギへと、何度も何度も情液を注入した。

もっと、もっと気持ちよくなるために。

もっともっと気持ちよくさせるために。


――バチリッ。


紫電が舞った。

ペニスから放たれ、ナギの体を貫いて空気中に放電が起こる。

「ひぃ……あぁあああッ！」

ナギはのけ反り返って愉悦に叫んだ。

「お、お？　今までより、すごいのが……！」

さらにバチバチと放電が連続したと思った直後――

閃光がすべてを埋めつくした。

＊

山奥の岩場から、雷が逆しまに天を衝く。

夜が白むほどの閃光を、キルシェとリュシーは大空で目撃していた。

「目がっ、目がー！」

リュシーは網膜を焼かれて悶えながら、ルフ鳥の背に必死でしがみつく。

かたやキルシェは慣れたもの。ルフ鳥の首に絡みつけた脚を適度に締めつけ、的確に舵を取る。

「よーし目印はアレだぞー、逃げんなよー」

ルフ鳥は不満げに唸り声を漏らした。ドラゴンにも比肩する巨大鳥は、追走の道すがらキルシェが巣を見つけ、鹿三匹と引き替えに協力を要請したものである。閃光に警戒を示しているようだが、小さな絶影士には逆らえずに直進。

「ア、ア、アルド殿は無事だろうか……！」

「あのドラゴンなら問題ないと思うけどなー。単に甘えたがってるだけみたいだったし……ただ、あの雷撃はやべーな。ガルドでもあんなの出したことねーぞ」

白兎族の童顔に焦燥の汗が浮く。それがどれほど希有なことか、リュシーは知らないだろう。そもそも閃光に目をやられて見えていないのだが。

ヴァジュリウムとアルドの間で、なにかが起きた。

だからこその雷撃だろう。

「無事でいろよ……アル坊」

小さな拳を握りしめて、キルシェは彼の無事を祈った。

そして――彼女たちは目撃した。

岩場の合間で、紫黒竜の巨体が快楽に痙攣しているところを。

その尻のすぐ近くから立ちのぼる稲妻――その根元で、アルドが気絶している。

彼の股間から、稲妻が生じていた。

「……こりゃまた、すげーことなってんなー」

「目がー！　また目がー！」

リュシーは油断して目を開け、また光を直視してしまったらしい。

一方、キルシェは顔の前に手をかざし、薄目でなんとか状況を確認する。自慢の耳は雷鳴のせいで役に立たないので、すこし心許ないが——

「えいやっ」

小石を指で弾く。

矢のように飛んだ小石は肉棒を直撃した。

「はぎゃっ！」

アルドの悲鳴とともに雷撃が弱まっていく。

消失の寸前、その場の全員が目撃した。男根のわずか上——雷光の収束していた場所に浮かんだ、神々しい聖剣のシルエットを。

それはすぐに消え去ったが、見間違えようのない形状である。

石つぶての痛みで目覚めたアルドは、思わずその名を口にしていた。

「ヴァジュリウム……！」

第四章 聖剣を解き放つ白濁まみれハーレム

卓上に湯気の立つ料理が並んだ。

色とりどりの野菜に重量感のある肉、芳しいソースに濃厚なシチューなどなど、庶民的な酒場に似合わぬ豪勢なメニューに、リュシーとナギは感嘆する。

「ここまでとは……アルド殿を侮っていたかもしれない」

「さすがはパパ……料理という文化の担い手じゃな」

早速の評価に鼻の高い気分だが、ひとまず抑えて手の平で促す。

「とりあえず食べてほしいな。見た目の何倍もすごいよ?」

「うむ……いただこう」

「いただきますじゃ」

ふたりはナイフとフォークを手に取り、適当な料理を口に放りこんだ。

頬を緩めて、満足げにうなずく。休むことなく食べつづける。

「よっしゃ、上々！」

「食材を切るのはアタイがしてやったけどなー」

隣でわははと笑うキルシェを、ナギがじとりと半眼で睨みつける。

「パパの料理はすばらしいが……ヴァジュリウムを引き抜かぬかぎり、どうしてもそのチンチクリンの手を借りねばならんのじゃな」

「そうなんだ。俺が独り立ちするには、ヴァジュリウムとの融合解除が必須。でないと、このチンチクリンの世話になりっぱなしだからね」

「チンチクリンの世話になんのは恥ずかしいよなー、わはは」

「そこで、改めて三人に協力をお願いしたいんだが……」

かちゃん、と食器が鳴った。

リュシーが深刻な表情でナイフとフォークを皿に置いている。

「美味ではあるが……物足りない」

「え、そう？　どこらへんが？」

元が裕福な貴族の出身であるリュシーからすると、やはりアルドの田舎料理は不完全なのだろうか。恐る恐る彼女の答えを待つと——

ぽわ、とリュシーは赤面。上目遣いに媚びた視線を投げかけてくる。

「その……粘りとか、鼻にツンとくる芳醇な臭みとか」

「それで先日、俺の股間からヴァジュリウムが発現したことだけど」

リュシーの感想を無視して本題に入る。

山奥の岩場において、アルドはたび重なる絶頂の果てに股間から雷撃を放出。そして空中に聖剣ヴァジュリウムが発現した。一瞬で消失したとはいえ、キルシェも目撃しているので間違いない。

「たぶんアレは、ヴァジュリウムとの融合が解除されかかってるからだ」

「師匠から聞いたことがあるのじゃ。東方には房中術なる、交尾を介した魔術理論があると。男の精はエネルギーの塊じゃから、男根が聖剣と結びついておるなら……その、パパと、アレすれば、その……」

と、ナギは説明の途中で口ごもる。

肩を縮めて、もじもじチラチラとアルドを見あげてくる。

彼女の所有する性に関する知識と、実際にアルドとした行為が脳内で結びついたのは、ごくごく最近のことである。理解していやがるわけでなく、ただ恥じらうところがたまらなく可愛らしい。

「とりあえず、やることは今までとおなじで問題ない。ヤレばヤルほど聖剣が抜けていく。こういうの、東方ではヒョウタンからコマって言うんだっけ」

「それは一体どういう意味で？」

リュシーが首をかしげるが、

「秘密」

アルドはすっとぼけた。

「問題は、あの強烈な雷をどうすっかだなー」

「こういうときは魔女の面目躍如じゃな……ほりゃ、これを見よ」

ナギが懐から取り出したのは、十本ほどの水晶だった。親指大の円筒形で、一本だけ内側に光を宿している。

「稲妻を魔力に変換して貯蓄する魔力晶じゃ。もちろん微弱な電流は見逃すよう調整しておるから、パパからの気持ちいい電流は……あの……その……今までと変わらず、接触した相手にも流れこむようになってて……」

説明の途中で、またもじもじチラチラ。可愛い。

「でもなー、あの規模の雷撃だと容量すぐにいっぱいになんねーかー？」

「あ、それなら三回でちょうど一本がフルになる計算だし、わりと平気だよ」

「ほー？　つまり……試したわけだなー？」

「そりゃまあ、確証がないとね」

昨夜、試験的に充電行為をした結果、射精のたびに先日同様の雷撃が発生した。とりあえず普段の半分にも満たない三回の射精で切りあげたのは、早朝から料理の仕込みをするためである。

ナギに食わせてやりたかったのだ。

離れればなれだったあいだ、積み重ねてきた経験をすべて注いだ手料理を。

(ドラゴンも舌鼓を打つような料理……作れちゃったなぁ)

ナギの前の皿が空になっているのを見下ろし、満足感に照れ笑いをする。料理店を作る前に夢がひとつ叶ってしまった。

「わらわは……パパのためであれば、協力もやぶさかではないのじゃ」

もじもじチラチラと、ナギ。

「わ、私はもちろん、聖剣ヴァジュリウムを手に入れるためであれば」

はぁはぁチラチラと、リユシー。

「んじゃ、ま、三人がかりでやっかー」

さらりと言ってのけるキルシェ。

というわけで、食後すこし休憩を取ってから、四人は連れ込み宿に移動した。

こうして——物語は冒頭の出来事に帰還するのである。

*

三人は皿にぶちまけた雄色シチューを味わい、口と舌でねっとりと糸を引く。

その様にアルドは辛抱しきれない。

追加汁をくれてやろう――逸物を握ろうとして、思い出す。

ヴァジュリウムの制約により、自分ではペニスを握ることができない。

触ろうとすれば電気が弾けて、痛い目を見る――はずであった。

だが、勢い余って握りしめても、なにも起こらない。

「お、お？」

状況の変化を理解する間もなく、数年ぶりの握力に感じ入る。

「お、おぉ……これは！　融合が解けかかってるから制約も緩んだのか！」

アルドの言葉に、皿汁を味わっていた三人も顔を上げた。

「じゃ、じゃあ、もっとたくさん出せば、念願の聖剣ヴァジュリウムが……！」

「ならパパ、もっと出すのじゃ……シコシコしてびゅーびゅーじゃ！」

「遠慮すんなよー。ザーメン掃除してくれる美女が三人もいんだからなー」

三人は粘り気にまみれた淫笑で声援を送ってきた。

「っしゃ、うおおおお！」

アルドは逸物を握り潰さんばかりにしごきたてた。

自慰行為など今となっては虚しいばかりと思っていたが——これはこれで、他人との交わりとは違った快感がある。

「射精もっと、もっとがんばってください、アルドさん……！」

「がんばれ、もっとシコシコじゃ！　ミルク出すのじゃ、パパ、パパ！」

「がんばがんばー、おねーさんが見守っててやってんぞー」

黄色い声援に力がみなぎり、再度の絶頂がアルドの逸物を貫いた。

ぐぅ、とうめいて噴き出す。身魂の絞り汁をまき散らす。

オルガスムスの真っ最中は性感も過敏なので、単純な刺激が驚くほど有効。性感帯を知りつくした自分の手でしごくと恐ろしく、出る。次々に、出る。

「ぁああ……聖剣のエキス、素敵ぃ……」

「パパのねばっこいミルク、大好きじゃぁ……！」

「んぁー、病みつきになっちまったなー……」

三人は皿の底を舐めながら、嬉々として汚辱を受け入れる。

絶頂に反応して発生する電撃は、胸から下げた魔水晶に大半を吸収されていた。性感電流のみが精液を伝って三人を感電させる。だからこそ、彼女たちの顔には歓喜の緩みが浮かんでいるのだろう。

「とりあえず二発――いい景気づけだ」

黄ばんだ粘りのデコレーションを仕上げると、アルドもまた歓喜に笑う。

「聖剣を抜くための本番は……こっからだね」

リュシーは、ナギは、キルシェは、それぞれ喉を鳴らして液を飲んでいた。


他二名に先んじて、キルシェがベッドに寝転がった。

ベッドの縁に頭を置き、仰向けになって高らかに宣言する。

「口ヌキうさぎ先生のアルド搾り講座ー」

問答無用で自分の流れに持っていくノリだった。

「白兎族はなー、捕食者に襲われたときでも素早く栄養補給できるよう、喉が広がりやすくできててなー」

あーん、と口を開ける。

可能なかぎりの大口を、両手の人差し指でさらに左右へ拡張。

「あうどー、ま×こがわりにひてもいいぞー」

「よっしゃありがとう、キルシェ先生」

アルドはベッドの真横に立った。彼女の左右に手をつき、剝き出しの股間を口に降ろしていく。

「そ、それは……さすがに厳しくないでしょうか、アルドさん……」

「チンチクリンの顎が外れるのじゃ……」

リュシーとナギはそれぞれ心配しているような口ぶりだが、ベッドに腰を降ろして覗きこむ姿は興味津々といった様子である。

「これぐらいは普通だよ、キルシェ先生の場合は」

「まー見へろー、おまえらー」

キルシェは唇に触れるほど亀頭が近づくと、思いきり息を吸った。

雄臭もろとも酸素をたっぷり取りこんでいる——彼女の肺活量からすれば今後しばらく窒息の心配は必要ないだろう。

「んじゃ、容赦なく行っちゃうよ？」

「おーおー、こいこいー」

お言葉に甘えて、反り棒を沈めていく。

ぷちゅ、と唾液の海に先端が包まれた。血の色をした肉頭にじわりと愉悦が湧きだすも、なお侵入を止めることはない。

さらに腰を落とす。

「んごっ」

行き止まりで、キルシェがかすかに苦しげな声を出す。

だが、まだエラの張り出しが唇に触れただけ。

容赦なくねじこんだ。

行き止まりと思えた場所は押された分だけ広がり、柔らかに肉棒を受け入れていく。深く、さらに深く——喉の奥へと。

「ごもっ、あおぉお……くぷっ、あぱッ」

非人間的な喉音を鳴らす白兎族に、左右の二人が生唾を飲む。

「パ、パパ、いくらなんでも酷いのじゃ……チンチクリンが死んでしまうのじゃ」

「……アルドさんのチ×ポで殺されるの、いいかも」

「えっ」

「え？」

ふたりのやり取りに、アルドはすこし苦笑した。

「ちゃんと見ててよ。キルシェの喉は……こんなもんじゃないから！」

半分ほど竿肉が埋もれたところで、体重を股間に集中。

ごりゅりゅっと喉肉を掻き開き、根元がねっちりと唇に挟まれる。

狭くて蠢きの多い口喉に性感帯を丸ごと包みこまれ、アルドは満足感に身震いした。

しばらく酩酊し、小さな顔を押しつぶしたまま静的に快感を味わう。

「うわ、うわ、うわぁ……本当にぜんぶ入ったのじゃ……！」

「すっごぃ……鬼畜……ちびっこのお口犯し魔王……」

魔女と偽勇者は圧倒されて声がかすれている。

なにせキルシェの細い喉がペニスの形にぼこりと膨れているのだ。蛇が牛を呑みこんだような見た目からして、尋常な状態ではない。

「いいかい、ふたりとも。キルシェ先生のお口はちびっこいけど、マ×コとおなじぐらいドスケベなエロエロチ×ポしゃぶり穴なんだよ。ほら、こんな風に──」

見せつけるために、アルドは抽送を始めた。

キルシェの唇を秘裂に見立て、ゆっくりと上下に抜き差しする。喉肉をめくりあげるつもりでエラを食いこませると、乳歯のように小さな歯に引っかかった。泡だった唾液がぷぴっと漏れ出し、鼻にかかった声が溢れる。

「んおぉお……！　はふっ、ひんんん……！」

ふたたびねじこめば、愛らしい膝小僧がガクガクと震えた。

「ぐぱっ、あぱっ、あおぉおッ……！」

「よーく先生の顔を見てみよう。苦しそうなだけじゃないからさ」

肉棒で貫かれた幼い顔に、ふたりは羨望じみた吐息をつく。

そこには幾分の苦悶も見あたったが、目の濁りは快楽に酩酊するものである。玉袋でぺちぺちと打たれるたびに、恥辱の火照りに顔が赤くなった。

（喉まで使えるのは知ってたけど……もっと乱暴にしてもいけるのかな？）

アルドとしても、この体勢は初体験である。

加減がわからないので気後れするが、わざわざキルシェが用意してくれたしごき穴を信じて——ピストン運動を加速させた。

「あぶふッ、ぼぱッ！　んおッ、あがっ、はぷえッ！」

「そらそらっ、これがキルシェ先生の口マ×コだ！　そらっ、そらそら！」

泡が飛び散る。股間がざわつく。

今、自分は小さなキルシェの食道を凌辱している。

可愛い喉が膨らんだりへこんだり、凄惨な有り様をありありと見せつける。

打ち抜くたびに長耳が激しく揺れてアルドの尻を叩いた。

「んーッ！　んーッ！　んーッ……ぱほッ、あうろぉ……はりゅっ！」

ろくに声も聞けないけれど、ときおり男根に絡みつく舌から充分すぎるほど彼女の強い意志を感じる。腰に絡みつく小さな腕からも感じる。

——もっと犯していーぞ。

すべて受けとめてくれる。アルドの欲望も、気後れも、嗜虐心も。

そのために深呼吸であらかじめ酸素をたっぷり取りこんだのだろう。絶影士キルシュバウムは素潜りで一刻をすごせる猛者。射精までたっぷり余裕がある。

問題は観客にそれが伝わるかどうかであるが――

「よーし二人とも、先生の股を見てみようか」

アルドが膝小僧をつかみ、大股開きを強いると、さしものキルシェも動揺のあまりに口喉と手を震わせた。

鬼灯《ほおずき》ズボンの股ぐらが露わになる。

「うわぁ、ちいさいスジに食いこんでる……すごく濡れてる……」

「パパに喉を犯されて、そんなに嬉しいのか……」

「そりゃー嬉しいよ。キルシェは俺のチ×ポを何年もしゃぶりまくってきた常習的な喫チ×ポうさぎちゃんだもんね？　ドスケベうさぎちゃんだもんね？」

侮辱めいた呼称を使うたびに、男根を取り巻く粘膜が嬉しげに絡みつく。

ヒクヒクと秘裂が蠢き、パンツを内側に呑みこもうとしている。

「ぁおぉーッ、んーぱッ、ごほっ、ぁあああッ！」

心なしか喉音の合間の喘ぎ声も音階を上げてはいないだろうか。

もしや。これは、もしかして。

アルドの疑問は、おそらく意図せずリュシーの口から吐き出された。

「もしかして……キルシェ先生も、いじめられたほうが燃えるタイプ？」

言葉に反応するように、いとけない四肢がガクガクと震えた。

「ほう……では、こういうのはどうじゃ？」

ナギは中指を親指に引っかけて、弾きだした。

パンツの食いこみの上のほう、陰核へと直撃。

「んぉおおぉおおお……！」

キルシェは被虐の悦びに痙攣する。背が反り返り、ほのかに丸い幼腹が突き出された。食道の角度が急変し、猛然とペニスを搾りあげてくる。

耐えきれるはずがない。

アルドはすべてを受け入れてもらうため、膨張した快楽を解き放った。

「お腹で呑んで、キルシェ……！」

勢いよく飛び出してきた。

永遠に途切れることがなさそうな、長い長い粘り気が。

つづけばつづくほど脳が焼けるほどに心地よい、射精の時間。首から提げた水晶がまたひとつ輝きを溜めこんでいく——キルシェのぽっこりしたお腹が、精液の分だけせり出されるのとおなじように。

「んあああッ！　あぱっ、んぽっ、んっご、ばぷぴッ」

股で押しつぶした彼女の口元から、ときおり漏れ出る液がある。精液のように粘ついているが、おそらくただの唾液だろう。彼女は一滴たりとてこぼすまいと、粘膜管を尺取り虫のように蠕動させて精液を飲みこんでいる。

アルドのすべてを受け入れるために。

彼女はいつだって小さな体でアルドの面倒をみてくれるのだ。

「ふわわっ、パンツにじっとり染みが広がってます……！　すごい……！　こんな子どもみたいな体なのに、完璧に雌って感じで、ほんとすごい、すごい！」

「お漏らしみたいじゃ……愛液がこんなに噴き出るほど、喉はいいのか？　それとも胃で味わうのが素敵なのかのう……パパのミルクはおいしいからのう……」

リュシーとナギは夢中で幼兎のイキ具合に見入っている。

「ふたりとも、股もいいけどこっちも見てよ——すっごいぞぉ」

アルドはふたりの視線が挿入部に集まるのを待ち、ゆっくりと腰を引いた。

ぷぱっ、ぷぱっ、と口の端からこぼれるものが、泡立った唾液から黄ばんだ精液へと変わっていき——

「あぱっ、ぁあああッ……！」

抜けた瞬間、溢れ返った汚汁がキルシェの真っ赤な顔を汚し尽くした。

しかし彼女は大口を開けたまま、舌を伸ばして亀頭を撫でる。

「こぉーら、アル坊ぉ。まだチ×ポ汁出しきってねーだろー」

「はいはい了解、お召しあがりください」

「あーん……」

ふたたび亀頭を挿入。

ある程度射精してから引き抜き、顔を汚してからまた挿入。

くり返される行為で内も外もすっかり汁漬けとなった。

「はふぁ……いーかー、おまえらー。いじめられて気持ちよーくなってる最中も、相手を気持ちよくしてやろーって気持ちは忘れんなー。そのほーが、たっくさん出るし……濃いーのが出て、めちゃくちゃうめーぞ？」

顔をペニスで叩かれても可愛くウインク。

余裕たっぷりのキルシェ先生に、惜しみない拍手が振りかけられた。


三回の射精で水晶が満杯になったので、次の水晶を首にかける。

そこで前に出たのは、間一髪の差でリュシーを押しのけたナギ。

彼女はベッドに腰かけると、黒タイツに包まれた脚をすらりと伸ばしてみせた。

「さすがに喉エッチにはビックリしたが……これならどうじゃ？」

ハイヒールを脱ぎ捨て、指先をクイッと動かす。

「わらわは足だって使えるのじゃ」

「なるほど、それは新感覚かもしれない。是非ともやってみてほしい」

アルドはナギの前で床に座りこんだ。逸物はキルシェの唾液でぬらぬらと輝き、鈴口から期待の露を次々に追加している。

「うぅー、次は私の予定だったのに……」

「拗ねんなよー、ムチムッちゃん。ナギはまだ子どもなんだからなー」

「失敬な、子どもではない！　わらわは早熟じゃからな、パパもどれだけわらわのなかで精を放ったことか——今後それは世界を埋めつくすほどの量になるじゃろう」

「ものすごいね俺の精液」

右のつま先が伸びてきた。

親指が鈴口にかぶせられ、ぐりぐりと亀頭がこねられる。

「お、お、これはまた、手とも粘膜とも違って……」

黒タイツの生地はきめ細かく、それでも肌ほどなめらかとは言いがたい。腺液で湿ると逆に引っかかる感触が強くなり、痛みに近い刺激になるが——それはそれで悪くない。踏みつけにされる感覚にぴったりの、ちょっと被虐的な快感だ。

「ふふん、パパがうっとりしておるのじゃ……どうじゃおぬしら、わらわのエロテクニックは！　しかもこれで終わりでないのが心憎かろう！」

ナギは左足の指裏をペニスの側面に押し当てた。右の足指で亀頭を逆から支え、しっかりと固定。

ずり、ずり、と左足で皮膚部を上下にこすりだす。

「ぅあっ、ぉおお……痛がゆい感じで、ムズムズっとくる……！」

「うふふ……パパは本っ当に、わらわの体で気持ちよくなるのが好きじゃのう。どうじゃ、わらわのことが好きか？　好きか？　パパ、好きか？」

両足がそれぞれに動きだした。

男根を多面的に擦り、つつき、圧迫する——けっして巧みな動きでなく、むしろぎこちなさが目立つけれど、それがかえって彼女らしい。子どもが父親にまとわりついておねだりをするみたいで、気持ちよくも微笑ましい気分になる。

「そうだね、俺はナギが大好きだよ」

「……えへ。えへへへへ、そうじゃろうそうじゃろう、えへへへへへ」

ナギはでれーんとふやけた笑顔で、えへへえへへと細い体をくねらせる。局部的に膨らんだ皮下脂肪が揺れまくるのも、目の保養になる。

もはや彼女にはアルドへの怨みも、人間への憎しみも窺えない。刺々しい感情に囚われるより、幸せな時間を満喫したいという前向きな意思が見てとれる。はたしてそれがよいことなのかと言われたら、アルドにも判断はできないけれど——

（この子にはもっと笑っていてほしいかな）

今の彼女が幸せであるなら、それが何よりだ。

「ずいぶんとかーいい娘ができたもんだなー、アル坊ー」

後ろからぎゅっと抱きしめられた。キルシェである。

「でもなー。パパはちょっと、こう、ヤバくねーかー？」

「言いたいことはわかるけど、これはこれで……なんか、燃えるし」

「では私もパパと呼ぶべきでしょうか」

リュシーが横から腕に抱きつき、たわわな肉乳を押しつけてくる。

「ダメじゃ！　パパをパパと呼んでいいのはわらわだけじゃ！」

ぎゅっと足でペニスが圧迫された。ジーンと全体が痺れあがって、アルドは思わず言葉を失う。

「パパもわらわにパパと呼ばれるのが大好きなのじゃ。昨夜だって、中出しされながらパパと呼ぶたびにミルクがビュービューって……ぁあ、びゅー、びゅー、と、あったかいのがお腹いっぱいに……漏らしたくないのに、溢れ返って……」

徐々に声が上擦っていく。甘美な記憶に酔いしれながら、アルドを愛しげに見下ろし、スカートに手を当てた。するりとめくられていくと──

黒いタイツに一際黒い染みが浮かんでいる。

漂いだすのは、すえた雄の臭気。

「粘着布で蓋をしたのに……ちょっとずつ漏れてるのじゃ。パパのミルク、ぜんぶぜんぶお腹に馴染ませたいのに、抜けていって……だから、新しいミルクがほしいのじゃ……！　パパ、出して。可愛いナギに新しいミルクいっぱいちょうだい……！」

男根を足蹴にする速度を増していく。どんどん乱暴になっていく。

股を開いて蒸れた秘処を見せつけ、視線を感じるとハァハァと息を乱す。

黒タイツで引き締まった細脚が、痙攣気味に動きまわって雄の塊を責めつくす。亀頭を挟みこんでグリグリと握りつぶすのは、とくに強烈に効いた。

「くうっ、出る……出るよ、ナギ！　パパの黄ばんだミルクが！」

「あぁ、ミルク、パパのミルクぅ……ぶっかけて、ぶっかけてぇ！」

ガリッと爪が亀頭に引っかかる。その痛みすら快感に変換され、肉棒いっぱいに痺れと熱が充満した。

ブパッと堰を切ったように白濁が炸裂する。

清楚で美しい右の脚線に沿って、股ぐらを直撃。さらに左右へ射線がブレて、両脚の間に幾筋もの橋をかけていく。

「ふわぁ、やっぱりパパのミルクすっごい……全然途切れないのじゃ……」

「そうだろうそうだろう、くっ、ナギががんばったご褒美だからね、とびっきり濃いのをプレゼントしてあげないと……あぁっ」

「なるほどなー、責められるのもわりと好きなんだなーアル坊？」

「ふ、踏んだらいいんですね？　踏んだらたくさん出るんですね？」

「ダーメーじゃー！　わらわ以外の女がパパを踏むのは許さんのじゃー！」

ナギはだだっ子のように両手両脚をバタつかせようとした。が、精液の橋が描く弧が途切れるほどに大きくなると、とっさに脚を閉じてタイツに染みこませる。

もったいない、という意識が強烈に感じられた。

「はうぅ……わらわの脚も、アソコも、ぜーんぶパパまみれじゃ……」

潔癖なほどに黒かったタイツは斑に白く染まっていた。外からぶっかけられた液だけでなく、股ぐらから染み出した液も一役買っているようだ。

ナギはくり返し両脚を擦り合わせている。

にちゅにちゅと粘音を奏で、ほうと嘆息。

「パパ……気持ちよかったか？」

「うん、非常に気持ちよかった。ナギは本当にいい子だね」

アルドが手を伸ばすと、ナギは自分から頭を下げてくる。

撫でてやると、また表情がデレデレにたるんだ。

「えへへ……そうじゃろうそうじゃろう、わらわはよい子じゃからな」

「パパのくせしてよい子にザーメンぶっかけるとか最低だなー、アル坊は」

「呼び方はそうだけど実の親子じゃないし……」

キルシェの皮肉にアルドは口を尖らせた。

「……パパ」

横でリュシーがぼそりと言った。潤んだ目で。

正直、ちょっとリアクションに困る。

「だーかーら！　パパと呼んでいいのはわらわだけじゃと言っておろう！」

精液まみれの美脚が跳ねあがり、リュシーの顎を打ち抜いた。

ぱたんとリュシーが倒れる。

動かない。

「……いい蹴りだね、ナギ。でも多少は手加減してあげなさい」

「はーい、パパー」

「んじゃームチムッちゃんはほっといて、そろそろ本番行くかー」

キルシェの号令で三人はベッドに上がり、めくるめく快楽の渦に身を投じた。

失神したひとりを置いて、淫声が部屋に響きだす。

リュシーが目を覚ましたのは、帰り支度の始まったころであった。

＊

シェイデンの民はドラゴン騒動の顚末を知らない。

勇者リュシアンが始末してくれた——という出所不明の噂が出まわって、ようやく市井《しせい》に安堵が広がった。街はまた商隊や船乗りで賑わいだしている。

真相を知る者はどれほどいるだろう。

ドラゴンが女の子の姿を取って、ひとりの男の情婦のように——あるいは娘のように振る舞っているということを、はたしてだれが知るだろう。

「しかも勇者が、その子のキックであっさりと……ふふ、ふ、ふ……」

リュシーは自虐的に笑った。

歩みは重い。気持ちも重いし、鎧だって重い。胸当てを取り外して多少は軽くしているのに、なお脆弱な体には重荷以外の何物でもない。

せめて下腹に抱えた欲求だけでも、なんとかできればよかったのに。

「ぅぅう……したかった」

ひとたび知った快楽は、麻薬のようにリュシーの心を蝕んでいた。

兄に代わって勇者となるべく旅を始めたのに、今はアルドとの淫らな行為が思考の大半を占めている。聖剣ヴァジュリウムをもらい受けるため——などという建前は、羊皮紙よりも薄っぺらくて白々しい。

とぼとぼ歩くだけでも、肉付いた太ももの内側がうずいて露が垂れる。

下着がなければ、川から上がったみたいに下半身がずぶ濡れだっただろう。

「気を強く保とう……そうだ、私は勇者リュシアンだ。セックスできなくても嘆く必要なんてない。私には、勇者としての輝かしい道が……」

ぶつくさと言いながら、川岸まで歩いてきた。

縁までしっかり舗装された港は、ひときわ活気があって圧倒される。船を出入りする荷物の数々は、街の人間が数年は暮らしていけそうな物量だ。

これだけあれば——自分とアルドが一生食っていくこともできるだろうか。

そんなことを考えていると、遠くから自分を呼ぶ声が聞こえた。

「おー、勇者様！　勇者様がいらっしゃったぞー！」

「ムチムチ勇者様だー！　ムチムチー！」

ひどい言われようである。そろそろ女装と言い張るのも無理だろうか。

呼びかけてきたのは街の力仕事を請け負う人足たちだった。

「どうかしたのか？」

「北の商人が手紙を預かってきたってんだが……」

筋肉質な人足は、手紙を手にした老商人を親指で示した。

白髭に顔が埋もれているといった有り様の剛毛商人は、リュシーの全身を舐めるように眺めてから、目を糸にして「うむ」とうなずく。

「まさにムチムチ・リュシーじゃな。ほれ、手紙を預かっておる」

ひどい言われようである。やっぱり女装と言い張るのは限界だ。

手紙を受けとってみれば、差出人はセバスティアナ。兄リュシアンの世話係。

宛先は「ムチムチ・リュシー」。殴ってやりたい。

手持ちの短剣で封を切り、中身を開いてみた。

†

リュシアン様のご容態が快方に向かっております。

輝かしい勇者活動を再開するため、エメランディアの鎧と天使の碧薔薇、そのほか魔法具の数々を至急お返しいただきますようお願い申しあげます。

ムチムチも大概にしていただきたい。

無法者に犯されますよ。犯されてますか。犯されますよね。

ムチムチ様は弱いので抵抗の余地もありませんよね。

穢れた体で帰ってくるのはご遠慮ください。

鎧と盾と魔法具のみお返しくださいムチムチ女。

セバスティアナ

†

手紙を読んでから、リュシーは三日ほど鬱《ふさ》ぎこんだ。

貴族御用達の宿で柔らかなベッドにぐだぐだと寝転がり、浴室で贅沢にお湯を使ってダラダラと湯浴みをし、お腹が減ったら部屋に料理を持ってこさせた。

高価な食材をふんだんに使った料理は美味である。

でも、野性味に欠ける。

女をまさぐり凌辱するような、横暴なほどの勢いが感じられない。

「アルドさんの料理……おいしかったなぁ」

彼の顔を思い出すと、鼻水がこみあげてくる。

会いたい。

アルドに会いたい。

理由なんてどうでもいいから、彼に会ってひざまずきたい。

奴隷みたいに媚びた上目遣いで、いきり立った男根に接吻したい。舐めたりしゃぶったり、オッパイで挟んだり、顔いっぱいに臭い汁をかけられた挙げ句、たくましい隆起で貫かれたら、悩みも苦しみも吹き飛ぶだろう。

でも——やっぱり、理由がない。

自分には、もうヴァジュリウムは必要ない。兄が復活しようという今、へっぽこな妹が勇者として民の希望となる必要など、どこにもない。

「あううぅ……もうやだー！　こんなことなら実家でずっとゴロゴロゴロゴロゴロゴロしとけばよかったー！」

ベッドの上をごろごろして、ぴたりと止まる。

「……いいもん、オナニーするもん、ひとりで気持ちよくなるもん」

ヤケクソ半分で持てあました性欲に囚われてみる。

どうせだれもいないので服をすべて脱ぎ散らかす。ベッドで大股を開く。夜の窓硝子に映る秘裂は、ぐじゅぐじゅに湿ってヒクヒクしていた。

本当なら、あの手紙を見るすこし前に、気が狂うほど犯される予定だったのに——彼は自分をそっちのけで、ほかの女との行為で満足してしまった。

「アルドさんって……やっぱり若い子のほうがいいのかなぁ。いや私だってべつに年取ってるわけじゃないけど……同い年の友達はみんな嫁入りしてるけど……」

愚痴愚痴と言いながら、秘処に指を添える。

気持ち悪いぐらい湿りきった肉唇が、ピリピリと微電流を走らせた。

でも、アルドにくらべると、全然ピリピリしない。

彼の愛撫はもっと激しくて、情けなくも屈してしまうようなものだ。

「やっぱり喉まで使えるようにならないとダメなのかなぁ。でもあんなに呑みこんだらウエッってなりそうだし……足でいじるのは、私がやると間違えて折っちゃいそうな気がするし――それにどうせなら、ココをいじめてほしいし……」

指を出入りさせる。ぬこぬこと間の抜けた粘着音が鳴る。

これが彼の逸物なら、ぼぢゅぼちゅと爆ぜるような音が鳴るのに。

もっと、もっともっと、ものすごく気持ちいいのに。

「はぁ……指じゃつまんなーい！　おち×ぽほしいー！　アルドさんのチ×ポぉ、チ×ポち×ぽオチ×ポー！　あーもーチー×ーポーー！」

喚き散らして腰を浮かせた。

そうしたら指がもっと深くに入るような気がして。

窓の向こうから感じる視線が突き刺さるような気がして。

――視線？

窓をじっと見てみる。

ガラスを填めこんだ窓の向こう、六つの目がある。

三組の双眸が、欲求不満女の痴態をガン見。

リュシーが硬直すると、三人は顔を見合わせてうなずき合う。

窓が開かれた。鍵がかかっていたのに、いつの間にか外されている。

「失礼しますよっと」

「よーう、こんちゃーす。元気してっかー、ムチムッちゃーん」

「悪くない部屋じゃのう。わらわも今日からここに泊まるか」

盗人のように入ってくる。アルド、キルシェ、ナギが。

「な、な、ななな、なんっ、なんっ、なにごご、ととッ」

「落ち着けー。深呼吸しろー。さん、はい」

「すぅうううぅうううぅうぅう……はぁあぁあぁあぁあぁあ……」

「おーし偉い偉い。んじゃー落ち着いたかー？」

「な、な、なんで見てるんですかぁ！」

半泣きの問いかけに、三人はまた顔を見合わせた。

「や、街で噂になってたからさ」

アルドが「なあ？」と言うと、ほか二人がウンウンとうなずく。

「勇者リュシアンが北方に現れたとか、この街にいるリュシアンって偽者じゃねーのとか、道理でムチムチしてると思ったとか」

「あう、あう、あう……」

「最近引きこもってるみてーだし、様子見にきてやったわけだなー」

「感謝するがいい、ムチムチ偽勇者。パパの優しさがわらわ以外に向けられることなど、本来は絶対ありえんのじゃぞ?」

三人はベッドまで寄ってきた。

ほわりと頭に温もり——キルシェがよしよしと撫でてくれる。

ナギも横から手を添えてくる。

アルドは正面から乳を撫でてくる。

「そろそろ潮時ってだけだよ。無理してたもんね、リュシーは」

乳首をきゅっとつねられると、もう耐えきれない。

リュシーは快楽に理性も矜持も溶かされ、滂沱と涙を流し始めた。

「ううう……うぇぇぇぇーん、アルドさーん！　私、私ぃ、ぶへぇぇぇぇーん！」

頭を撫でられ、乳を揉みしだかれながら、リュシーは観念した。


やっぱり私は、勇者なんて柄じゃない。

どういう柄かと言うと、一言で言うのは難しい。

具体的には、両脚を左右からキルシェとナギに蟹挟みで強引に開かれ、秘裂をアルドの指でほじくり返されて、あひぃあひぃと喘ぎ狂うような。

「あひぃっ、あひぃっ、アルドさんっ、アルドひゃぁあんっ、あぁああッ」

「ほわー、めちゃくちゃ感じてんなームチムッちゃん」

「大人のくせに情けないよがり顔をしおって、仕方のないムチムチ女じゃのう」

「ごめんなさいぃい！　ダメダメ女でごめんなひゃいいいぃ！」

喉を反らして感じ入る——二本の指を。

膣襞をかき分けるゴツゴツした男の指を。

乱暴な抜き差しで、ときおり粘膜に食いこむ爪の硬さを。

ねじりを入れて抽送する乱暴な速度を。

「すごぃいいッ、やっぱりアルドさんすごひれすぅう！」

「リュシーこそすごいよ、お漏らしみたいにおつゆ漏れてるし」

溢れ出した愛液は尻たぶをぐっしょり濡らしている。ベッドのシーツには大きな染み。事情を知らなければお漏らしにしか見えないだろう。

三人がかりで責められて、耐えられるわけない。

さいわいベッドは高級品なので、広いだけでなく造りもしっかりしている。四人が乗っても不安定に揺れることはない。ただ、リュシーが肉肢をよじるたびに、多少のきしみをあげるだけだ。

ぎし、ぎし、とベッドを鳴かせて、リュシーは悶えた。

「元気出そうよ、リュシー。たしかに勇者としては無能だし、夜も真っ先にへばるタイプだけど、このムチムチ感は誇るべきエロさだと思う」

「ほ、ほんとですかぁ……？　アルドさん子どものほうが好きなんじゃ……」

「それはそれ、これはこれだよ。今日だってリュシーのために、面白いものを用意してきたんだからね？」

なぜか三人はニコニコと不気味なほど微笑んでいる。アルドが取り出したものを見る目が、悪戯を仕掛けた子どものようだ。

それは短杖のような、あるいは軸の長いキノコのような形状だった。

見たこともない軽そうな素材の棒に、丸っこい塊――よくなめした革のように艶やかでほのかに柔らかそうな素材がくっついた、謎の物体。

「満杯になった魔力晶を、師匠の作った魔法の按摩器に挿入してあるのじゃ」

「昨日試したけど……すっごかったぞー？」

「そ、そんなに……？」

「ナギもキルシェも白目剝いてガクガクになったぐらいだよ」

それはすさまじい。というか想像もできない。

もともと体力に定評のある白兎族が、絶影士として極限まで鍛えあげた——それがキルシェというチンチクリンである。ナギはナギで変化の魔法で人となったドラゴンなので、体力はあって当然。

そんな二人が、白目を剝いてイキまくり?

「わ、私、そんなの耐えられるかな……ほら、私ってヘタレだし……」

そわそわしながら左右の少女たちを見る。

ふたりは優しくうなずいた。

「いーからおめーも餌食になれー」

「狂うがよい、わらわとおなじように無様をさらすのじゃ」

「ふえぇぇ、なんかいやな押しつけ感があるんですけどぉ……!」

覚悟の決まらぬリュシーの前で、ブウゥーンと羽虫が羽ばたくような音が鳴った。

按摩機の丸い部分がブレて見える。震えている、のだろうか。

羽音が股ぐらに近づいていくのが、怖い。

やたら嬉しそうなアルドが、恐ろしい。

「えー、これからー、この震動部分でー、女の子の体で一番敏感なクリトリスをー、イキ狂うまでー、いじめまくっちゃいまーす」

ノリノリのアルドを止められるわけがない。

彼は慣れた指遣いで陰核の皮を剝き、ゆっくりと振動部分を寄せていく。

――と、それが剝き出しの肉豆に触れた。

バチバチッと電流が走った。

まるでアルドのペニスが射精する瞬間のような快感が、ごくごく小さな豆粒に一点集中し、瞬間的に頭が沸騰する。

「いッ！　いいぃいいいいッ、なにこれ、なにこれなにこれぇえええぇッ」

死にかけた虫のように手足がガクガクと暴れる。

首も震えて、顎が上下に跳ねる。

体が言うことを聞かない。高密度の絶頂感が神経を瞬く間に焼き焦がしていく。目の前が絶え間なく明滅していた。

「なー？　ムチムッちゃんは即イキだと思ったんだよなー」

「わらわも数瞬しかもたなかったのじゃ……」

キルシェとナギが蟹挟みで脚を捕らえている理由がようやくわかった。反射的に脚が閉じるのを止めるためだ。どちらもリュシーより小さいのに、拘束力は専門の工具さながらである。

逃れることのできない快感に、アルドがいっそう拍車をかける。

膣に差し入れた二本の指で、上側の襞肉を圧迫しだしたのだ。

「ここ効くよね。そりゃそりゃそりゃっ」

「ひゃっ、ひっ！　そこっ、しょこ、ピリピリひたらっ、らめぇえええ！」

圧迫部に痺れが走り、耐える間もなく膨らんでいく。陰核で継続中の絶頂状態も相まって、すぐさま破砕の瞬間が訪れた。

ぶしゃっと透明なしぶきが舞い散る。

「おー、潮吹き最短記録かな。キルシェもナギももうちょいガマンしたしね」

溜まった液体を排出する解放感など、感じる暇もない。

出したかと思えばすぐに痺れが溜まり、またもぶしゃっと潮が飛ぶ。

息つく間もない快感責めに、リュシーの瞳はまぶたに隠れかけていた。

「まだまだこんなものではないのじゃ……このデカ乳女め」

「ムチムッちゃんは頭空っぽになるまでイッたほーがよさそーだしなー」

左右のふたりの口が開かれた。白い歯が輝いている。まだ子どもから大人の過程にある少女の顔立ちと、子どもそのものの愛らしい顔立ちが、どちらも攻撃的な色を宿したかと思えば——

がじりと。乳首が、嚙まれた。

「ひぎいいぃいいぃいいぃいいぃいいぃいいぃいいぃ！」

食いこませた歯をグジグジと動かすナギ。

噛んだまま引っ張って、乳肉の重みで乳首への負担を大きくするキルシェ。

どちらも痛くて仕方ないのに――気持ちいい。

股ぐらから波及するオルガスムスが、痛みを快感と錯覚させる。

「リュシーはこういうのが一番好きなんだろ？」

アルドは連続潮吹きの強制をやめず、錯乱したリュシーに問いかける。

「みんな知ってるから安心してよ……勇者なんて、無理してやらなくてもいい。リュシーはリュシーらしく生きればいいんだ」

白んだ思考に声が心地よく染みいってくる。

彼の低い声ばかりでなく、左右からの高い声も。

「街でも半分ぐらいバレてたしなー。あんなムチムチ女が勇者のはずねーとか、連れ込み宿で獣みてーな声あげてたーとか、色々噂になってってなー」

「わらわが聞いた噂では、虐竜士の息子の肉奴隷とか」

「それはそれでひどいな……」

アルドはすこし哀れみの声を吐いたが――しかし、リュシーは笑った。

だらしなく鼻水を垂らし、さきほど耳に入った言葉を復唱する。

「に、にく、奴隷ぃ……ぃいいいいぃいいいッ」

乾いた土が水を吸うように、その言葉が胸の奥まで染みいる。

肉奴隷。

初耳だが、響きでだいたい意味がわかる。

「わたっ、わらひぃい……ぁあああぁあッ、わらひ、わらひいぃいぃい！　肉奴隷がいいいいい！　アルドひゃんの、肉奴隷ぃいいぃいぃいい！」

「あ、マジでそういう方向いくのか」

「責任取ってやれよーアル坊ー」

「奴隷ならばよかろう、パパの足下にいても許してやるのじゃ」

意地悪な乳首いじめ天使たちが祝福してくれている。

リュシーも、そしてアルドも、その関係を受け入れた。

だから責めは激化したし、リュシーも遠慮なくイキ狂う。

「じゃあ肉奴隷おめでとう！」

最後に思いきり膣壁に爪が食いこんできた。感悦に充血していた肉膜はその刺激に耐えきれない。リュシーは弾け散る特大の法悦にもっちり太った尻を跳ねあげ、とびきり高らかに潮を吹くのだった。

「イッグウぅううぅうううぅうぅう！　肉奴隷ばんじゃあああああい！」

数日分の性欲と、旅を始めてからずっと溜めこんできた不満を、すべて股ぐらから噴出する。ベッドを越えて窓まで降りかかる潮汁はキラキラ輝いていた。

そちらに輝かしい未来がきっとある。

(兄上……リュシエーヌは肉奴隷として幸せになります)

リュシーはアへりながら至福に微笑んでいた。

＊

アルドは失神寸前でリュシーを解放してやった。

つい虐めたくなるタイプではあるが、今日はもうすこし大切にしてやりたい。メインディッシュはこれからなのだから。

射精時の雷撃を充填した魔力晶の有効利用である。もともと魔力晶の数にはかぎりがあるので、どんどん消費して空にしていないと、やがては不用意に射精もできなくなる。

惜しみなく魔力を消費するため、まずは室内をライトアップした。燭台の明かりを消して、魔力で点灯する宝玉をいくつも天井から吊るす。桃や紫の灯火が、広い部屋を彩る豪奢な調度品を淫猥に照らしだす。

そして室内複数箇所に設置した〈カァラの目〉。

ちょっとした宝石箱ほどの矩形に、透明な硝子玉を塡めこんだ代物。これは前方にある光景を映像情報として記録し、保存できるものだ。カァラとはこの魔法理論を生み出した魔女のことであり、ナギの師に当たる。弟子のナギにとっても勝手知ったる魔法具らしく、数日で十個ほど組みあげてくれた。

無機質な目はすべてベッドを見つめている。

そこに並んだ三人の痴態を記録するために。

「せっかくだから記念に録画しよう。あとで見返したら絶対燃えるし」

もちろん衣服にも趣向を凝らした。

襞状に折られた、透けるほどの薄布――丈が恐ろしく短いものを、胸と、腰と、手足に巻きつけたのである。

それはすでに服の意味をなしていない。

乳首は隠せども乳輪の下側はかすかにはみ出して、すこし揺れればすべて露わになる。下も腰骨より低い位置で尻に食いこみ、ともすれば秘裂が覗けそうな穿き方。もちろん腹とヘソは全開。

男の目を愉しませる淫婦の出で立ちで、彼女たちはひとりずつ口を開いた。

カァラの目を手にした、この部屋で唯一の男と受け応えをするために。

＊

魔法具越しに映るのは、黒髪美人の呆けた笑みだった。

画面に入っているのは胸から上だけ。彼女はかすかに身を揺すり、胸を弾ませフリルの下から太った乳首をチラチラと見せつけている。

――リュシエーヌさん、勇者やめるんですよね。

若干丁重な口調で、問いかけ。

「はい、兄の病が治っちゃうみたいなので、私はお役御免です」

――これからは肉奴隷に徹するそうで。

「はい！　アルド様のおち×ぽに服従するエロ女です！」

――幸せそうですね。

「清々しい気分です……私、ずっと無理してたんだなって。最初に抱かれたときにはもうわかっていたはずなのに……アルド様のおち×ぽは私を幸せにしてくれるって。なのに変なプライドに凝り固まって、ぁんっ、素直になれなくて」

――ところで、さっきからなんで揺れてるんですか？

「それはぁ……あんっ、意地悪ですぅ、アルド様ぁ」

――なぜ？

「だって、だってぇ……指を入れたまま、動いてくれないんですぅ。だから私が動いて、あはっ、気持ちよくなってますぅ……んんんッ」

——今、軽くイキましたね？

「はぁい……イッちゃいましたぁ。はしたなくてごめんなさいぃ」

——せっかくの凜々しい黒髪美人が台無しですね。

「でも、こういうのが本当の私ですから。スケベでダメダメでへっぽこな私を、ありのまま受け入れてくれるアルド様を、心からお慕いしています」

——お兄さんに伝えることは？

「えーとぉ……兄上、お久しゅうございます。リュシエーヌです。今日から私は肉奴隷として、アルド様のおち×ぽをハメハメする穴として、毎日失神しまくって頑張りますね。すっごくスケベではしたないからぁ……兄上には見せてあげません」

——じゃ、最後にピースして、今の気持ちを。

言われるままに、彼女は顔の横で右手の人差し指と中指を立てる。

「肉奴隷、さいっこー！」

次いでカァラの目はリュシーに託された。

彼女が魔法具越しに覗きこむのは、金髪碧眼のドラゴン少女。

やはり映るのは胸から上。卑猥な服装に身を包みながら、吊りあがった眉はなお竜の矜持を感じさせる、の、だが――。

――あの……ほっぺたが。

「ん？　おお、これか？　パパのチ×ポじゃ。おぬしも知っておろうに。こいつにな、こうやって頬ずりをするとな、パパはうっとりとして頭を撫でてくれるのじゃ。こんな風に……ふふ、えへへ、パパぁ」

――アルドさ……ぱ、パパのことはお好きですか？

「当たり前じゃ。先っちょにキスだってしてしまうぞ？　ちゅーっ」

――人間の親子はこんなことをしないのですが……

「そうなのか？　まあ血も繋がっておらぬし、わらわとパパの関係は特別じゃ。世界で唯一のものじゃ。ちゅっ、ちゅっ、れろっ」

――おいしそうですね。

「ふふん、パパは料理がうまくてち×ぽもおいしいのじゃ」

――分けてくれませんか。

「だーめーじゃー。肉奴隷はお預けじゃ。今はわらわだけのパパじゃ……ねー、パパ？　ナギのおしゃぶりだけで充分気持ちいいじゃろ？　ぢゅっぱ、ぢゅぢゅっ、ぬぢゅうぅううう……んっぱ、ぢゅぼぼっ、ぢゅぞぞぞッ」

──うわぁ……本当においしそう……ごくっ。

「んっふふぅ、うらやまひーじゃろう。これはわらわのものじゃ……わらわのためのご褒美ち×ぽじゃ。ぢゅぱっ、ぢゅっぢゅ、んれおぉおお……ッ」

──えっと、その……え、そこに書いてるとおりに読めと？　はい、わかりましたアルド様。えーとナギさん、森に待機させている部下に伝えることは？

「んー？　皆の衆、よい子で待っておるか？　わらわはパパのち×ぽを気持ちよくして、こんなに褒めてもらっておるぞ。おぬしらもよい子にしておったら、頭ぐらいは撫でてやろう」

──では最後にピースして、今の気持ちを。

「こうか？」

ナギは両手でピースをして、片方の指で頬に張りついた肉棒を挟みこんだ。頭を撫でられると、嬉しそうに笑う。

「わらわは一生パパと一緒じゃ……ずっと幸せじゃ！」

カァラの目はリュシーの手からナギに手渡された。

捉えるのは桃髪幼姿の愛らしい白兎族。

ひとりだけ胸に丸みがないので、フリルに角度がついて内側が覗けることもないが、ピンクのぽっちはうっすら透けて見える。彼女の顔も同色に染まり、余裕なくプルプルと震えていた。

——どうしたのじゃ、余裕がなさそうじゃが。

「んっ、だ、だって、そりゃおめーさー……あんっ」

——耳をち×ぽに巻きつけるみたいに、握りしめられてるから？

「めちゃくちゃ響くんだよぉ、水音が……それにわりと敏感っつーか、んひっ、だ、だからアル坊、大概にしねーと怒んぞぉ……！」

——前から気になっておったが、パパとはどういう関係なのじゃ？

「古い馴染みっつーか、おしめ替えてやったこともあるっつーか、料理だってアタイが教えてやったってーのに……耳は、ねーだろ……！　ぁあッ、もぉーッ」

——要するに、どういう関係？

「どうったって……ひんっ、いちおう冒険の相棒で、大先輩で……ひゃひっ」

——……パパを、どう想ってるのじゃ？

「変態ドスケベ小僧ぉ……あとで覚えてろよー、マジ怒んぞーッ……！」

——パパをいじめたら、わらわが許さんぞ。

「あのなー、叱るときは叱らないとなー、本当にダメな大人になっちまうから、アタイはっ、あぁああッ、しごくなぁッ、耳でチ×ポなんかしごいてっ、あぁああッ、ガマン汁でぬとぬとになっちまうじゃねーかぁ……！」

──はっきりせんチンチクリンじゃ……おぬしはパパのなんなのじゃ！

「アタイはっ、んんんッ、アル坊のっ、あぁあぁッ……！　ただ、面倒見てやってるだけの、チ×ポ抜いてやったりする、アレだ……ただのセックス相手っつーか、もうなんでもいいだろーっ……！　とにかくやめろよぅ、これぇ……！」

──むぅ……じゃあ取り決めどおり、最後にピースで今の気分を。

キルシェは震える両手でピースに構え、引きつり気味に笑う。

「最悪だぁ……今日はもー完ッ全に怒ったかんなー、アル坊……！」

＊

ナギにとってパパという言葉は特別である。

実の父でなく、ずっと育ててくれた保護者でもなく、しかし自分を癒してくれる包容力の塊。それを仮にパパと呼んでいる。語感も気に入っているので、今さら他の呼び方をするつもりはない。

（パパにとっても、わらわは唯一無二の存在じゃ）

そんな自負があればこそ、ほかの女の存在には釈然としない。

リュシーに関しては肉奴隷ということで納得した。とくに仕事ができる様子もないので、実質的にはペットだろう。ならば自分と競合するものではない。

問題はもうひとり――絶影士キルシュバウムである。

人間の子どもによく似た姿の白兎族。

パパにやたらと近しい距離感。パパに対する上から目線がごく自然。そのくせベッドの上ではパパの与える快楽に屈している――ように見える。

すくなくとも肉奴隷ではない。

自分のような庇護下の存在でもない。

なら、一体なんなのか――わからないから不安になる。

不安だから、牽制のために、カァラの目による問答が済むとナギは動きだした。アルドに抱きついて、肉棒から長耳を解いて自分の手を絡みつける。

「パパぁ、もうガマンできないのじゃ……わらわにまた、ズボズボして？」

「あー、ずるいっ。私もうずいてるのにぃ……」

「肉奴隷はガマンするのじゃ。焦らされてもっとうずきを溜めこむのじゃ」

「溜めてから発散するのはすごくいいけど……むぅう」

納得いかない様子のリュシーにカァラの目を押しつけ、ナギは彼の体に体重をかけた。ふたりはベッドに倒れこむ。

ナギは上から腰を浮かせて、肉棒に狙いを定めた。

「今日はナギがしてくれるの？」

アルドは期待の眼差しで股ぐらを見やる。その瞳にはかすかな焦燥があった。破廉恥な腰布は挿入を邪魔するほどの長さもないが、股ぐらを覆い隠すような位置で揺れ動いてる。見えそうで見えない結合部が、彼を焦らしているのだ。

「ふふ……パパが悦ぶ動きが、だんだんわかってきたのじゃ」

本音を言えば打算もある。彼にトロトロにされたら動きが鈍くなるので、主導権を握るなら最初しかないのだ。

亀頭に秘唇を添えると、くちゅりと湿った音が鳴った。パパのそばにいるだけで、ナギの粘膜は潤いを帯びる。熱を粘膜で感じればなおのこと、溢れ出すヨダレが止まらない。硬くて大きな反り棒を食べ尽くしたいと思う。

「いただきますのじゃ……あっはッ」

一気に腰を落とし、膣いっぱいにたくましさを貪る。

「くうッ……！　気持ちいッ……！」

「こ、これからじゃ……本当に気持ちいいのは、んあっ、これからぁ……！」

すこし呼吸を整えてから、腰を大きくよじった。小ぶりな尻と細い脚に力を入れて、グリングリンと連続捻転。膣口が太いもので押し広げられ、襞粘膜がカリの高さと反りの強さでかきまわされ――雄の形状がつぶさに感じ取れる。

「ぁあッ、パパおおきいぃ、おっきいパパが大好きじゃ……ぁはぁぁあッ」

官能に表情を緩め、夢中で腰をねじりまわす。

初めて上になったときは、ぎこちない動きしかできなかった。

それが今では、流れるように尻を振ることができる。

襞布がふわふわ踊って結合部をちらつかせるたび、アルドの目が獣のようになる。

それがまた心地よい。せっかくだから、豊かな胸を揺さぶってサービス。こちらの襞布も尖った乳首を危ういところで見え隠れさせる。

ともに気持ちよくなりたいという一心で、この動きに熟達したのだ。

現にアルドも顎を浮かせて感じ入っている。

（どうじゃ……わらわが一番、パパを気持ちよくできるのじゃ……！）

勝ち誇った視線をキルシェに向けようとした、そのとき。

ぎゅぎィと乳首をねじあげられ、痛悦に視界が白んだ。

「ひっ、んいいぃいいいっ」

「さっきのお礼に……オッパイも気持ちよくしてあげますね？」

後ろから脂肪の塊みたいなムチムチ感に抱きつかれていた。心地よい柔らかさに反して、その手つきは拷問じみて強烈。張りのある乳肉が容赦なく握りつぶされ、桃色の突端は千切れそうなほどの圧搾を受ける。

「いぎッ、いったぁ……痛いのじゃっ、いたいぃ……！」

「おいリュシー、それはやりすぎだよ」

「平気ですよぉ。これぐらいやったほうが、惨めったらしくイジメられてる感がすごくて、なんかもう全力で卑しくイキまくれますから」

「ド変態のムチムッちゃん基準を子どもに押しつけんなよー」

目の前に子ども代表のような外見の白兎族が現れた。アルドの胸をまたいで、リュシーの手を鷲づかみにする。なにかのツボを押したのか、後ろで悲鳴があがった。

ねじきれるような痛みから解放され、余韻で乳首が熱くなり――

ちゅぱ、と吸われた。

「ひあぁッ」

「ほれ、もう痛くねーから泣くなよー？　ムチムッちゃんも優しくしてやれよ。いちおーオマエ、最初に処女捨てたベテランなんだしさー」

「そ、そう言われると……わかりました、ソフトに行きます」

ふたりがかりで優しく撫でられ、揉まれ、舐められて、余韻の熱が心地よい痺れに変わっていく。

「ぁあッ、ふわぁあ……な、なにをするのじゃぁ……」

「アタイら手持ち無沙汰だろー？　それにさ、おめーは覚えてねーだろーけど、アタイも小さいころのおめーは知ってるしなー」

快楽にぼやけた頭で、過去の記憶をたどたどしく遡っていく。

そう言えば——かつてパパが餌を運んできてくれたとき、その隣にパパとおなじぐらいの大きさの生き物がいた。

「アレは……おぬし、じゃったのか？」

「そーゆーこった。餌の捕り方もお菓子の作り方も、アタイがアルドに教えてやったんだかんなー」

ナギは目をパチクリさせた。

パパと一緒に狩りをして、料理をして、自分の面倒を見てくれた存在。

つまり、それは——頭のなかで疑問のパズルがあっという間に組み合わさっていく。

やがて完成したひとつの回答を口に出すとき、ナギは感極まっていた。

「……マ、マ？」

思いあまって、キルシェの小さな頭を抱きしめた。

「わぷっ、は、はぁ？」

「ママであったのか……そういうことなら、先に言ってくれればいいのに。仕方ないのじゃ、ママであれば当然のことじゃからな」

「いやいやいや、ママっておめーさー……や、やめろよぅ、愛しそうに見つめんなよう、調子狂うだろー……」

キルシェはやたらと動揺した様子で目を泳がせる。

かと思えば、思いきり目を見開いて、くびれのない腰を弾ませた。彼女の股ぐらをアルドが両手でいじり始めている。

「ひんっ、あぁあ、アル坊ぉ……」

「ママ、一緒に気持ちよくなるのじゃ……パパとママとわらわで、一緒に」

「あ、あの、私は……？」

「おぬしは肉奴隷じゃろう」

「そうでした。はい、そうでした……うぅ」

ナギはふたたび動きだした。

ママを胸に抱きしめ、ママに胸を愛撫され、背後に肉布団の温もりを感じながら、細腰を躍動させてパパを気持ちよくする——

（家族じゃ……わらわは、家族に包まれておるのじゃ）

失ったはずのものが、ふたたびこの場に再現されている。

ただ体が気持ちいいだけではない。心が満たされていた。

膣内でバチバチと弾ける激しい性感も、ただ狂おしく感じるばかりでなく、落ち着いて味わうことができた。肉襞の蠕動も悠然としたリズムで、血管まみれの剛棒を優しくしゃぶりあげる。

「あぁああッ、パパっ、ママぁ……！　一緒に、一緒にイキたいのじゃ……！」

「くうぅんッ、アル坊ぉ、アタイがママかはともかくそーゆーこったから、もうちょいキツく……一緒にイケるようにぃ……！」

「あ、ああ、わかった……！」

ビクンッとキルシェの背が反る。たぶんクリトリスあたりを責められたのだろう。

それでもナギの乳房を揉む手は優しく、乳首をいたわる舌遣いは柔らかい。

逆に腹を穿つ雄棒は乱暴そのもの。ベッドのバネを使って上下に弾み、脳天まで快感で突きあげてくる。

ナギは負けじと、横揺れの腰遣いでアルドを迎え撃った。

キルシェの腰もおなじ角度で揺れているからだ。

一緒の動きで、パパにイカされたい——想いのままに、絶頂の瞬間が訪れた。

「くうぅッ、イクよイクよッ、ナギ、キルシェぇ……！」

「来てぇっ、来てきてぇ、パパぁああぁッ」

「あはぁああぁッ、アル坊ぉ……イクぅうぅ！」

子宮口で熱感が弾けた。

頭のなかも弾けた。

腹中に充ちていく愛情のエキスを感じながら、ナギは忘我の境地に達する——自分とおなじように身悶えする小さなママを、きつく抱きしめながら。

この幸せな時間は、カァラの目によって半永久的に保存される。

——わらわの幸せはいつまでもつづくのじゃ……

*

なんつーか、ひでー勘違いだなーと、キルシェは内心で苦笑した。

笑うしかないではないか。

後ろからリュシーに抱えあげられ、アルドとおなじ目線の高さで向き合っている。妖しげな色彩の照明に照らされ、ママの愛情のキスを見たいのじゃ！　キース！　キース！」

「キスじゃ！　パパとママの愛情のキスを見たいのじゃ！　キース！　キース！」

横から囃したてるお子さまの視線が痛い。

「あ、あのなー、ナギ？　アタイはただ、おめーの世話するアル坊の手伝いをしたってだけで、べつにそんな……」

「……つまり、ママじゃろう？」

「だーかーら！　アタイとアル坊はそーゆんじゃ……！」

言いかけで顔をつかまれた。

アルドは白兎族の小さな頭蓋骨をしっかり掌中に収め——真っ正面で、顔をすこし傾ける。

「ま、待てよ、アル坊……アタイらの関係で、キスはちょっと……」

「よく考えたら、初めてなんだよね俺。せっかくだからやっちゃおう」

初めては寝てるあいだにアタイがもらったんだけど、とは言わない。言ったら余計に覆せない流れになってしまう。

「キスー、キースぅー！」

「うう、私もしたいです……いいなぁ、キス」

……もうすでに覆せないかもしれない。

だが、キルシェはどうにも雰囲気に馴染めなかった。

そもそも立場的には、リユシーと大差ないのが自分だと思っている。ヴァジュリウムとの融合で性欲が人間離れしてしまったアルドを安定させるため、ただセックスをするだけの関係。

もちろん自分も気持ちいいし、望んでやっていることも間違いない。

でも、それはあくまで体の関係であって。

心もまったく満足していないというわけでもないけど。

でも、ママだとかキスだとか、そういう関係ではないし、困る。

「ア、アル坊……」

迫ってくる彼の顔を前に目を閉じてしまう。

まあ――ノリだから、しゃーない。仕方ない。

お遊戯だ、こんなもの。どうせ寝てるあいだにファーストキスはちょうだいしているし。自分にとっての初めてもあのときで、なんか妙に気恥ずかしくてボーッとしてしまったような気がするけど、羞恥も動揺も過去のもの。今さら年長者がキスごときでうろたえるはずもなかろう。

だから、できれば手足の震えには止まってほしくて。

――ふにっ。

唇に柔らかい感触。大きくて、包みこまれるようなサイズ差。

包みこむように、彼が口を尖らせてついばむ。些細な掻痒感で首筋に鳥肌が立つ。

手足の震えが止まらない。顔に火がついたみたいに、熱い。

「ほぉ……これがキスか。愛情か……一家団欒じゃのう」

「舌は？　舌は入れないんですか？」

野次馬だまれ、うるさい。ちょっと黙っててほしい。落ち着きたいから。

――ねちゅ。

なめくじみたいな、濡れた粘膜。唇をこじ開けて、入ってくる。

口が犯されているようなサイズ差。人間と白兎族という種族の差――それが些細なことに思えるほどに、彼の舌は貪欲だった。

小さな舌を絡めとり、もてあそび、唾液をすすり――

歯を舐め、唇を舐め、唾液を流しこみ――

「あちゅっ、はっ、んぐっ、あぁあ、アル坊ぉ……！」

頭がぼんやりする。まわりの音が聞こえなくなる。ただ舌と舌が絡み合う音ばかりが頭蓋にまで反響している。

ええと、なんだっけ。キス、ダメだったような気が。

糸を引いて口を離すと名残惜しさに胸が痛くなるけれど――耳元にごくごく小さな声が吹きこまれると、もう本当になにがなんだかわからなくなった。

「本格的に、ママになってみない？」

なに言ってんだコイツ。

「俺の赤ちゃん、キルシェに産ませたくなってきた」

アホだコイツ。バカだコイツ。頭おかしいんじゃねーのか。

そりゃあ確かに、白兎族は他種族との交配が成功しやすい。人間ともエルフともドワーフとも子どもを作れる。とりわけ、「作っちゃおう」と思ったら高確率で妊娠するという。おそらく分泌物が変化するためだろうが——

母親代わりであり、冒険と調理術の師匠であり、旅の相棒である身としては、いきなりそんなこと言われても気が抜けてしまうだけだ。

全身の力も抜け落ちて、なすがままベッドに押さえつけられてしまう。

「ナギは弟か妹ほしい？」

「もちろんほしいのじゃ！　子沢山はよいことじゃからな……するのか？　ママに種付けしてしまうのか？」

「アルド様の赤ちゃん、仕込んじゃうんですね……うらやましい」

わはは、バカだ。バカばっかりだ。こいつらみんなバカだ。

彼の体で押しつぶされると、バカたちが胸板で見えなくなる。汗ばんだ肌しか見えない。やはりサイズが違いすぎる。人間同士でこれだけ差があれば、入るものも入らないだろう。

ぐぢゅぢゅ、ぢゅぷっ、ととびきり大きな水音が鳴った。

熱いものが下腹を侵略してくる。

「さっきまで可愛いスジだったのに……どんどん広がっていきます……」

「何度見ても見事なものじゃ……こんなに小さいのに、こんなに大きなパパを受け入れられるとは、さすがママじゃな」

「ふたりとも撮影を……！　これから本気でがっつり種付けするから、記念にしっかり撮ってほしい……！」

ふたりは了承し、それぞれに動きだす。

カァラの目を構えて、ナギは真横から。リュシーは股間に迫って。

配置が終わると、アルドは動きだした。上から腰を振り下ろし、ベッドの弾力で跳ねあがり、また突き降ろすという、いきなり膣奥を滅多突きにするスタイル。胸に収まるキルシェの頭を両手で抱きしめ、耳の内側を撫でながら。

本当に容赦がない。いきなり激しすぎる。普通なら苦しさが先立って、快感など覚える暇もあるまい。

「うっわぁ、ぷぴぷぴって白っぽい本気汁が飛びまくってますよ」

「顔もすごいのじゃ……うっとりして心底気持ちよさそうじゃ……お腹がち×ぽの形にボコボコ膨らんでおるのに、ママはすごいのう」

まあ、自分は慣れているので。

白兎族の構造的にも、大きな男根を受け入れやすいようにできている。

だから余裕。いつもどおり。なんてことはない。普通普通普通。

「んんあぁあああッ、アル坊ぉッ、アル坊ぉおッ！　いひンッ、ダメっ、ダメだからぁあッ……こんなぶっといので、こんなメチャクチャにされたらぁ……！」

「産みたくなっちゃう？」

「ぁあああッ、なるぅ、なるから、やめろよぉ……ひぁあああッ、許してぇえッ」

なんだこれ。だれだこれ。だれの声だ。喘ぎ声にしても無様すぎる。

鼻にかかって、ふやけきって、そのくせ腹の底が透けて見える。

——許さなくていい。もっとメチャクチャにしていい。

ほかほかに温まった膣内は、独特のとろみを絶賛漏出中。

たぶん、白兎族の雌特有の妊娠促進汁。

射し込み棒にもたっぷり絡みついている。

（やっべーなぁ……今中出しされたら、絶対間違いなく受精しちまうけど、やっぱまずいんじゃねーかなぁ。そーゆー関係じゃねーと思うんだけどなー）

冷静に考えようとしているのに——喘ぎがうるさい。

「ひゃひ、ぁあああッ、もう限界ぃい……！　ぁひいいぃいいッ、もう、もぉ……！」なるぅ、孕みたくなってるぅッ、おま×こできあがってるからぁ……！

もう、なんだと言うのだ。なにが言いたいのだ。

なんでこんなに体が熱いのか。子宮がうずいて仕方ないのか。

挙げ句の果てに——いつでも精子を出してくださいませ、一滴たりとも逃しませんので、と言わんばかりに膣口が締めつけを増した。

「ぐッ……！　出るよキルシェっ、ママにしちゃうよ……！」

「あ、ママが腕と脚でギュッとパパにしがみついたのじゃ！」

「孕む気マンマンじゃないですかぁ……！」

おかしいなー。そんな気なかったのになー。

——と、白々しい思考を絞り出せるのも、そこまでだった。

もう自分を騙しきれない。キスの瞬間から観念していたことを、ただ満身で叫ぶように謳《うた》いあげるばかりである。

「妊娠っ、させてくれぇ……アル坊ぉ、アタイに赤ちゃん産ませてぇッ！　ぁあああぁッ、産みたい産みたいぃーッ、アル坊の赤ちゃんんーッ」

「くううッ、濃いので孕めっ、キルシエえッ！」

雄の本能に従って、注入根がひとまわり膨らんだ。小兎の幼穴から隙間をなくし、体液の逃げ場を完全に奪ったうえで、根元から激震する。キルシェの小さな全身がわななくほどに激しく——子種を子宮へと運搬するために。

その気配を感じ取り、子宮もまた蠢いた。

入り口がぱくりと開き、鈴口にかぶりついたのだ。

そうして最後の準備が終わった瞬間、種付けの最終段階が始まった。

びゅううぅうぅうーッと、これでもかと言うほど途切れることなき射精。

待ち受けているのは、卵子を含んだ濃厚な子宮汁。

ふたつの液体が絡みつく。粘膜壁に張りつきやすい粘性で子袋に着弾し――

「アッ、あああぁあッ！　し、してるぅううぅ……受精ひてるうぅううう！　んひいいいッ、わかるぅっ、アル坊の赤ちゃんできてるのわかるうぅう！」

丸い卵子にオタマジャクシのような精子が群がり、そのうちひとつが外壁を突き破り――受精する。ただの錯覚か、あるいはペニスから放たれる電流の不可思議な効果か、キルシェは母親になる悦びをつぶさに感じとっていた。

記念すべき瞬間を讃えるように、熱を帯びた精液が子宮をパンパンに満たす。そこで子宮口はキュッと閉じる。愛しい体液を逃さないために。

代わりに膣が精液を受けとめようとするも、容量が足りない。

「うわっ、めっちゃ飛び出してきた……かかっちゃいましたぁ、私の髪にぃ、とろっとろのがぁ、あぁんすごいですぅ」

「パパの腰、止まらんのじゃ……種付けしながらママのちびっこま×こほじくりまくりで……ママもギュッとしがみついて、ラブラブじゃな、ふたりとも」

キルシェは彼の体にまわした手足を震わせた。

耳元にまた囁きが聞こえたからだ。

「五つ子が産まれるぐらいがんばろうか」

「……ここまできたら、産んでやってもいーけどさ」

返す言葉は、ほんのすこし強がりを取り戻していたかもしれない。もちろんそれは表面上のことにすぎず、心は歓喜に打ち震えている。

だから彼の胸板にちゅっちゅっと愛情たっぷりに吸いつくのだ。

「でも、できれば次はふたりきりで……今日みたいなセックスすっぞ」

＊

やっちまったなーとアルドは思う。

なんだかノリでキルシェと妊娠前提のセックスをしてしまった。

（まあ……でもいいか。キルシェとなら）

自然とそう思ってしまった。

以前はセックスをしただけで、関係が変わってしまうことを危惧した。しかし実際には夜を除けば以前と変わらぬ関係を保っているし、子どもができてもおなじように過ごせるだろう。たぶん憂いは、まったくない。

問題は、二回連続で彼女に中出しをした直後である。

「次はわらわじゃ。わらわも赤ちゃんほしいのじゃ」

「私も……アルド様の子種を授かりたいですぅ」

ノリノリのふたりに対して、キルシェはアルドに抱きついて離れない。

「もうちょい体温感じさせろー。せっかく産んでやんだからさー」

「それじゃあ、体温を感じさせたまま……ふたりともやるか」

アルドはそのまま床に降り立った。白兎族は軽いうえに手足の力が強いので、しっかり抱きついたままである。

ナギとリュシーにはベッドに手をつかせ、こちらに尻を向けさせる。ふたりで腰の高さが違う点は、ナギがハイヒールを履いて補った。

あとはアルドの仕事である。

横移動で両者に抜き差しをくり返し、ときおりキルシェにもその場で挿入して、取っ替え引っ替え味比べをするわけだ。

「はうぅうッ……！　パパぁ、後ろからだと激しいのじゃッ……あぁああっ、壊れるぅッ、わらわのおま×こ壊れちゃうぅうッ」

「壊してくださいぃいッ！　アルド様に壊されるなら、それでいいですぅうッ！　でも、あぁんッ、その前に赤ちゃんを……私にも子種をぉッ！」

「あぁあーッ、やっぱアルドのち×ぽすっげ……！　何回ぶっこまれても飽きねーなあ……いひんッ、あああぁッ、どんだけ狂わせるつもりだよぅッ……！」

見下ろす光景は壮観である。

雌たちが卑猥な衣装をふりふりさせて、自分からも尻を振る。穴のなかはぬめりもたっぷりで、悩ましげに絡みついてくるのだからたまらない。

全員とっくに、アルドのペニスの虜であった。

「しっかし……ビックリするほどお尻の大きさが違うなぁ」

なにせ三人は肉づきも骨格も別物である。

ナギは女未満の少女体型。尻たぶも骨盤の広がりも控えめで、脚に至るラインもスリムかつ上品。後ろから挿入していると、清純なものを穢す悦びがある。

比べてみるとリュシーは、女というか雌。くびれも大きく、太ももへの肉々しい繋がりがムッチリしている。乱暴に突くたび皮下脂肪が波打つほどに。

抱きついているキルシェはナギよりさらに小さい。リュシーと並べたら尻幅など半分程度になるだろう。

大中小というか、特大、小、特小といったところだ。

これが背丈になると普通、低、特小。

突くと過敏に揺れまわる乳房は特大、大、無。

どれがよいというわけでなく、どれも魅惑的だ。犯しても犯しても、飽くことなく獣欲が湧きあがる。欲望を発散する瞬間は至極の悦びだ。

（ここらへんだけは、ヴァジュリウムに感謝してもいいかな）

料理に関してはとんでもないペナルティを負わされたが、自分も相手も深くどこまでも満足できるようなペニスは何物にも代えがたい。

この力がなければ、ナギの初体験はもっと痛々しいものになっていただろう。

「あンッ、パパぁ……！」

感極まって金髪をぐしゃぐしゃ撫でてやると、肩越しに笑顔を向けてくる。

状況にそぐわぬ、子どものような微笑みだ。

ムラッときたので、彼女の大好きな横回転で若肉の坩堝を拡張してやる。すると子どもの微笑みが瞬く間に雌のとろけ顔に変化していく。

「ひっ、ぁあああッ、グリグリされるの好きぃぃッ……！　パパぁあッ……！」

すらりとした脚線が滝のような蜜でずぶ濡れになり、ガクガクと痙攣し始める。そうでなくともハイヒールで不安定なのに、彼女はぐっと腰を突きあげてきた。

もっと深くまでパパを感じるために。

パパが好きだから。パパとのセックスが大好きだから。

（ああ、この子のパパになって本当によかった……！）

かつて繋いだ人と竜の絆が、快楽になって帰ってきた。

それが喜ばしくて仕方ない。

そして——きっかけとしては、隣のムチムチがいなければ始まらなかったかもしれない。童貞をもらってくれた女の、まさに鴉の濡れ羽色というべき黒髪を、感謝の気持ちをこめて乱暴に引っ張る。

「きゃひいいぃいッ、痛ッいいぃ……！」

苦痛に顔が歪むのは一瞬で、とびきり乱暴に突けば「んへえっ」と間の抜けた嬌声があがる。腰から尻への急角度が手を引っかけるのにちょうどいい。引っ張り甲斐も抜群。自分の腹で彼女の尻を打ち破るような勢いで、
バチンッ！

打ちつけてすぐ腰を引き、またバチンッバチンッと衝突をくり返す。

「あおぉおおッ、んほおぉおおッ！　しゅごっ、しゅぎるぅううッ！」

あまりに激しい躍動に、特大の乳玉がすさまじい勢いで弾んでいる。顔面を打たんばかりの勢いだが、彼女ならその痛みも受け入れることだろう。その身に備えた豊満な肉は、攻撃的な責めを真っ向から受け止めるのに最適である。

勇者としてはへっぽこでも、肉奴隷としては最高の肉体だ。

そんな調子で動きまわっていると、キルシェの手足が痛いほど食いこんでくる。振り落とされないようにしがみつき、アルドの口元に甘い息を吹きかけた。

「アル坊……キスすっぞ」

ささやき声はごく小さくて、アルドの耳にしか届かない。

「チ×ポはふたりに使っててもいいけど……こっちはアタイが使う。舌出したら、とびっきりの舌遣いで奉仕してやんぞー？」

いつだって彼女は独特の立ち位置にいる。小さなころからアルドの面倒を見てきた経験もあって、逆らいがたいタイミングを見出すのが抜群にうまい。

もちろん、ここで拒絶する理由もないし、ワクワクもするのだけど。

ちろ、と舌を出してみた。

小さな顔が迫ってきて、ぢゅぱっとしゃぶりこまれた。

「んっぢゅ、ぢゅぱっ、ぢゅぢゅぢゅっ、りゅろりゅろっ、ちゅうぅー」

小さな唇を尖らせて、吸いあげながら舐め擦る。

フェラチオの要領で舌に奉仕しているのである。唾液が大量に溢れているので、彼女自身が愉しんでいるのもよくわかった。

夢見心地だった。

ナギとリュシーの雌穴を交互に食らい、口ではキルシェの舌フェラ。

上も下も快楽にじぃーんと痺れ出す。

「パパとママは仲良しじゃのう……んぅッ、ふぅ……！」

さすがに水音で気づかれたらしい。ナギはその音に耳を澄まし、とくに口を挟む様子もない。いい子なので褒めてやろうと、小尻を撫でまわしてやる。深みでの横ねじりで、子宮口にたっぷり先走りを塗りこむのも忘れない。

「ぁあ、ひとりだけズルいですぅ……んんひぃぃいいッ！」

リュシーは不満げだったので、肉奴隷らしく身のほどを覚えるよう尻を平手で打ち据える。これが予想以上に効果的だったらしく、締めつけが激しくなったので、太鼓を叩くようなリズムで尻にいくつも手形を残してやった。

三人同時に愛すると言っても、やはり違いは出るものだ。

それが彼女らの個性であり、いとおしい部分でもある。

アルドは彼女たちが、大好きだった。

「アレはお互いの気持ちを伝えるための行為でもあるんだ。相手のこと大好きになってやるのがマナーだかんな……わかるか？」

懐かしい声が脳裡をよぎった。

大好きな一品料理を三皿並べたような贅沢感に、アルドはどんどん昂ぶっていく。

腰遣いが激しくなる。

快感電流が漏出すれば、三人も喜悦に身悶えした。

「パパっ、パパぁ！　赤ちゃん産むのじゃっ、産ませてほしいのじゃっ……！　ママみたいにわらわにも、本気の種付けミルクいっぱい注いでぇ！」

「ひんんッ、私にもぉ……！　無責任に赤ちゃん孕ませてほしいですぅ！　産めって言ってくださいっ、孕めメスブタって横暴にぃいッ！」

「アル坊、三人分ちゃんと責任取れよー……ぢゅぴっ、ちゅっぱちゅっぱ、アタイもいちおー手伝ってやっからさー……あんッ、いやアタイはもう入れなくてもいいって、孕んだからっ、あぁああッ、だからアタイはぁ、ぁひぃいいいいッ」

アルドは絶頂の高みで、思うままの言葉を彼女らに贈った。

まずはナギに挿入し、最初の射精を注ぎこみながら。

「おまえもママになるんだぞ、ナギ……このあっついミルクで！」

「んんんっ、なるぅう！　ママになるのじゃあぁあッ、わらわの家族をたくさん増やして幸せになるのじゃッ、パパぁああぁッ！」

射精が止まらぬうちにリュシーへと移動し、

「孕めメスブタッ！　おまえの赤ちゃんもみんなで大事に育てるぞ！」

「んほぉおおおぉぉおッ！　嬉しひぃいいいッ、子豚ちゃんで子沢山ばんざーい！　ばんざーいご主人ひゃまぁああぁぁああッ！」

そしてしがみついたキルシェのスジ穴にも。

「可愛い子兎いっぱい産んでよ、キルシェ……！」

「あくううッ、しゃーねーなぁもうッ、産ませりゃいーだろ何百人でも！　アル坊の赤ちゃん好きなだけ産んでやんよ……！」

何度かに分けて均等に中出し配分をしていくが、抜き出す際にどうしても飛び散ってしまう。それはそれで液まみれの痴態を見られるのだが。

飽きることのない快楽。心躍る光景。

三人へのいとおしさに、アルドは涙すらこぼした。

やがて――射精も終わりの時を迎え、三人がベッドに横たわる。とくんとくんと秘裂から濁液の塊を吐出し、絶頂の余韻に放心している。

「孕んだかのう……わらわも、パパの赤ちゃん……」

「孕んだ孕んだ私は孕んだ絶対孕んだ……よし、孕みました間違いなく」

「まー孕んでなくても大丈夫じゃねーの？」

キルシェは幾分理性の残った目でアルドを見やった。

彼の股間では赤銅色の妖剣がいまだ隆々と昂ぶっている。

「これから何十回でも中出しされるだろーしな……」

三人はごくりとツバを飲み――アルドの猛攻を受け入れた。

種付けという明確な目的のためか、いつもより、出た。

これまでの行為から見て、だいたい十回から十五回というのが一晩の平均的な射精回数である。その時点で常人をはるかに越えているし、一回の射精量も桁違いであるのだが――

「ふう……二十四回は新記録だ」

自分でもさすがに驚いた。日はすでに昇っていて、街の喧噪もぽつぽつと聞こえ始めている。それまでずっと腰を振りっぱなしだった。

もうひとつ驚くべきは、リュシーが失神しなかったことである。さすがにくたびれている様子だが、キルシェの幼脚を抱えて縦スジから溢れる精液を舐め取る姿には、暗い情熱すら窺えた。

「……ッこら、やめろって、くすぐったいから……んっくぅッ」

「キルシェさんすごい……こんなに小さいのに、ご主人さまの聖液をいっぱい溜めこんで……コツとか教えてください、キルシェ師匠」

「そりゃ単に白兎族の体がそういう構造っつーか、あひんっ」

横からナギも顔を寄せ、スジ漏れのミルクをすすりだしていた。

「おいしいのじゃ……パパとママの混ぜミルク、濃厚なのに口当たりがよくて、病みつきになりそうじゃ……ぢゅぢゅっ、ぢゅるるっ」

「ひっ、口つけて吸うなぁ……んっぁあああッ！　あぅ、やぁあッ、アル坊ぉ、なんとかしろよぉ、くひぃぃいいンッ」

キルシェは身をよじるだけで、ふたりを押しのけることができない。たび重なる絶頂で疲弊しているのだろう。さしもの絶影士もこうなれば、見た目のままの子どもと大差ない。ふたりがかりで悪戯されている絵面は、相当危険な気もするが。

「せっかくだし、キリよく二十五回いっとくか」

アルドは自分で自分をしごきだした。

カァラの目を顔の前に構え、三人の淫惨な絡み合いを収めながら、すこし性急に快感を高め――放出寸前に呼びかける。

「はいみんな、笑顔でピース！」

三人は反射的に振り向いて、両手でピースをした。

そのとろけた笑顔――キルシェだけは若干引きつり気味であったが――めがけて、アルドは記念すべき二十五回目の噴出液を大量にぶっかけた。


そのとき、世界が白く染まった。

「な、なんじゃ、またあの雷撃か！」

「ひぃっ、死ぬ！　死ぬのはさすがに怖いです！」

「待て、電流が荒れ狂ってる様子はない……収束してんなー、これは」

キルシェが指さす先で、アルドの全身に虫が這うような放電現象が起きていた。

額にうっすら浮かぶのは、稲妻を思わせる紋様。

父の愛剣の柄頭に刻まれていたのとおなじものだ。

そこから流れてくるのは、やけに威厳のある非人間的な声だった。

——汝、これより神魔を滅する雷神の化身なり。

なんとなくわかった。理解してしまった。自分の体になにが起こったのかを。

「俺……完全にヴァジュリウムと融合したみたいだ」

放電現象を自分の意思で止めると、アルドはがっくり膝をついた。

孕ませエンド

兎と竜と豚の幸せレストラン

〈兎と竜と豚の空騒ぎ亭〉は西シェイデンの新たな名物である。

酒場通りに開店した当初は、長ったらしい店名がちょっとウケた。

次に従業員の三人娘がウケた。

扇情的な肉づきの黒髪美人。鈍くさいところもご愛敬。チョロそうと見られてナンパされることも多いが、すべてキッパリ断っている。

高慢な態度がよく似合う金髪の美少女。なじられたいという客も少なくない。彼女が魔法で操る髑髏兵《スカルゴーレム》のサービスも評判がいい。

愛らしくも快活な白兎族。厨房の刃物を一手に引き受けて、ときには用心棒としても活躍する。豪放な性格から、常連には姐御呼ばわりされることも。

そしてなにより、料理である。バリエーション豊かな料理の数々は、やや値は張るが相応以上に味がよいと好評を博した。

――ドラゴンも舌鼓を打つ。

そんな謳い文句に負けぬ味であるという。

主な客層は裕福な商人や、たまの贅沢を楽しみたい町民。

ただ、よくない噂もあるので子連れの客はあまり寄りつかない。

店長兼料理人はまだ年若い青年だが、どっしりと構えて愛嬌もあり、作る料理も創意工夫に溢れている。

その一方で――看板娘全員に手を出した性豪であるという。

事実、彼女たちのお腹は徐々に膨らんでいる。

当の彼女たちは嫉妬で言い争う様子もなく、幸せそうに愛想を振りまいている。常連にできるのは、涙ながらに祝福することばかりだった。


遡ればあの種付けの日――

アルドは聖剣ヴァジュリウムと完全なる融合を果たした。

それまでの考えは、逆だったのである。

ドラゴンの呪いによる融合は、もともと不完全だったのだ。

性的な絶頂はヴァジュリウムに宿る雷撃の力と結びつきやすく、射精のたびに融合は深まっていく。山奥の岩場で股間から雷撃が放たれたのも、ペニスを握れるようになったのも、融合完了の前触れである。

一時はアルドも絶望した。料理人としての道が閉ざされてしまったと。

もうチ×ポしか取り柄のない男になってしまったと。

そんなとき、額を指で弾いて目を覚まさせてくれた人がいる。彼女はいつもの表情でアルドの苦悩を笑い飛ばしてくれた。

「アル坊にできないことは、アタイらが受け持ってやる。ガキまで孕まされたんだ、今さらそんぐらい大したこっちゃねーだろー？」

ほかのふたりも鷹揚にうなずいた。

「人間の家族はお互いに支え合うものなのじゃろう？」

「さいわい私は雌肉で重たいので、支えるのに適してますから！」

三人の差し伸ばす手が、アルドにはまばゆく輝いて見えた。

実際には精液でぬめっているだけなのだが。アルドはそれを希望の光だと感じて、涙ながらに握りしめ――ぬちゃりと音が鳴ったのである。


そして、今もまた。

あの日とおなじ粘着音が股ぐらで鳴っている。

夜の寝室で三人の妻がアルドの股ぐらにしゃぶりついている。水音を立てて舌を絡め、ついばみ、ちゅばちゅばとしゃぶりたてて。

実に気持ちいい。三人とも以前よりツボを心得ているので、すぐにでも昇天できそうな快感である——が。

「あー、入れたい……中出ししたい……」

ぼやかずにはいられない。

一体どれだけセックスをしていないのだろう。

狭く柔らかい粘膜の穴がいとおしい。

「ごめんなさい、ご主人さま……でも、お腹の子も大きくなってるから」

リュシーは申し訳なさそうに上目遣い。その腹は、ますます大きくなってきた乳房が乗っかるほどに、見事な丸みを帯びていた。

同様の丸みは細身のナギや、ちびっこいキルシェも搭載済み。

三人は初めての種付け時とおなじ衣装で卑猥な雰囲気を醸し出していた。大きな違いは、襞布の合間で孕み腹がことさら突き出していることだろう。

「まーガマンしろー。我が子にザーメンぶっかけるような趣味もねーだろー？」

「わらわはぶっかけられるの好きじゃが……？」

「おめーは血ぃ繋がってねーし」

キルシェに頰を引っ張られると、ナギは気恥ずかしそうにはにかむ。

「あー、私もつねってください。痛く、痛く……」

横からリュシーがキルシェに抱きつくが、頭にチョップの反撃を食らい悶絶。

「母親がそんなんで、ガキが真似したらどーすんだー。ナギもいつまでもアル坊に甘えてっと、親として示しがつかねーぞー」

「うぅ、でも甘えたいのじゃ……」

「いじめられたいです……」

「ハメてぇです……」

「そーゆーのは子どもが寝静まった夜だけにしとけよー。つーかアルドはそろそろ割りきれー」

ひときわ幼い容姿でありながら、重たげな腹をいたわる手つきは他のだれより優しい──年長者の貫禄もキルシェの魅力だ。ぶちこみたくなる。

「それになー、色んなもんグゥウッと溜めこんで……ふたりきりのときに、思いっきり媚びておねだりしてみ？　アル坊めっちゃ燃えるから」

「マジか、ママ」

「マジですか、キルシェ師匠」

「マジマジ。こいつ単純だからケダモノみてーになるぞ」

ひどい言われようだ。

それでも、三人の仲が良好でありがたい。アルドは目頭を熱くする。

(孕んでくれたのがコイツらで、本当によかった……)

人間関係のことばかりではない。彼女たちの助けがなければ店を持つことなど不可能であった。

刃物が持てないというペナルティも、キルシェがいれば問題なし。

——これまでと大差ねーだろー？　アル坊の面倒見るぐらいさー。

開店資金は、ナギとリュシーが魔法具を売り払って用意してくれた。建築時も髑髏《スカル》兵《ゴーレム》と蜥蜴竜《ドレプテイル》に重労働を任せ、職人の数を最低限に抑えることができた。

——魔法具などいくらでも作れる……それよりパパとの愛の巣が大切じゃ。

——うふふ……勢いで兄上の鎧も売っちゃいました……どうしよう。

さらには三人とも容姿端麗。客寄せ効果抜群。

店内でもよく働いてくれているし、夜の相手としても重要だ。

なにせ性欲は発散しないと股間が爆発しそうになる。仕事に支障がないよう、ローテーションで持ちまわるのが取り決めであったが——

「明日は久しぶりの休業なのにセックス厳禁……ああ、くそ、この鬱憤をすべて精液にしてぶちまけてやる！」

聖剣と融合した逸物に意識を集中する。

すでに電撃は自由に操れる。強弱を調整して、加速度的に快感を跳ねあげることも可能。もちろん自分だけでなく、口淫奉仕中の三人にも愉悦の感電をプレゼント。ただしお腹の子に影響が出ないよう、ごく控えめの電流で――

黄ばんだ肉汁を解き放った。

「わぁい、パパのミルクじゃあ。たっくさん飲んで、お腹の赤ちゃんにもパパのような優しい子に育ってもらうのじゃ……うふふ」

「こんなこともあろうかと、晩ご飯はすこししか食べてません……もう飲みまくります、嚙み嚙みしてゴックンして、それだけでイッちゃいますから……!」

「おーし、たっぷり出せー。あったかい季節だし水風呂で落とすのも楽だしなー。髪についたの落とすコツだって最近わかってきたぞー」

三人は顔を寄せ合い、大口を開け、舌を伸ばして待ち受ける。

金髪、黒髪、桃髪。

可憐な童顔、秀麗な美貌、愛らしい幼顔。

大小様々な肉づきや骨格など、どれだけ味わっても飽くなき食材がそこにある。

「いくぞっ、おいしいソースだ!」

大量の快楽汁を解き放ち、彼女たちに生臭い味付けを施す。

口も顔も淫ら色に染まり、艶っぽい笑みに左右のVサインが添えられると、夜の定番メニュー出来上がり。

「パパ……わらわは今、心から幸せじゃ！」

「ご主人さまのザーメン漬けの日々をエンジョイしてますぅ……」

「ガキども産まれたらもっと楽しいだろーけど……今はもーちょい、この関係を愉しませてもらうかんなー」

最高の品評をいただいて、アルドの心は花開くように浮き立った。

それでもセックスができないのは惜しいけれど——

四人の生活は幸せの香りに包まれていた。

美少女文庫
FRANCE SHOIN

俺《おれ》の聖剣《せいけん》をヌイてみろ！
勇者《ゆうしゃ》と魔女《まじょ》と姉《あね》ウサギ

著者／葉原　鉄（はばら・てつ）
挿絵／ミヤスリサ
発行所／株式会社フランス書院
〒102-0072　東京都千代田区飯田橋 3- 3 -1
電話（営業）03-5226-5744
（編集）03-5226-5741
URL http://www.bishojobunko.jp

印刷／誠宏印刷
製本／宮田製本

ISBN978-4-8296-6301-1 C0193

最強パーティが
俺専用××に
クラスチェンジ!?
葉原 鉄
神無月ねむ
illustration
ハイテンション
ハーレムファンタジー!
聖騎士エレイン
侍エルフ・カエデ
大魔導ルル
→ み〜んな肉便器にクラスチェンジ!

幼なじみが淫魔だったので
先生、生徒会長、
アイドルを
好き放題!
田沼淳一
有子瑶一
illustration
淫魔を言いなりにさせて
ナニするつもり!?
幼なじみ・結夢はなんと淫魔!
処女を奪って誓約を結べば
全世界女子独占も夢じゃない!
えすかれ
美少女文庫
FRANCE SHOIN

◆◇◆ 好評発売中！◆◇◆